TERRE DES HOMMES

95 -

ŒUVRES DE SAINT-EXUPÉRY

nrf

ANTOINE DE SAINT-EXUPÉRY

Terre des hommes

GALLIMARD

Henri Guillaumet mon camarade
je te dédie ce livre.

LA terre nous en apprend plus long sur nous que tous les livres. Parce qu'elle nous résiste. L'homme se découvre quand il se mesure avec l'obstacle. Mais, pour l'atteindre, il lui faut un outil. Il lui faut un rabot, ou une charrue. Le paysan, dans son labour, arrache peu à peu quelques secrets à la nature, et la vérité qu'il dégage est universelle. De même l'avion, l'outil des lignes aériennes, mêle l'homme à tous les vieux problèmes.

J'ai toujours, devant les yeux, l'image de ma première nuit de vol en Argentine, une nuit sombre où scintillaient seules, comme des étoiles, les rares lumières éparses dans la plaine.

Chacune signalait, dans cet océan de ténèbres, le miracle d'une conscience. Dans ce foyer, on lisait, on réfléchissait, on poursuivait des confidences. Dans cet autre, peut-être, on cherchait à sonder l'espace, on s'usait en calculs sur la nébuleuse d'Andromède. Là on aimait. De loin en loin luisaient ces feux dans la campagne qui réclamaient leur nourriture. Jusqu'aux plus discrets, celui du poète, de l'instituteur, du charpentier. Mais parmi ces étoiles vivantes, combien de fenêtres fermées, combien d'étoiles éteintes, combien d'hommes endormis...

Il faut bien tenter de se rejoindre. Il faut bien essayer de communiquer avec quelques-uns de ces feux qui brûlent de loin en loin dans la campagne.

montagnes semblent au pilote rouler dans la
crasse comme ces canons aux amarres rompues
qui labouraient le pont des voiliers d'autrefois.
Je regardai Bury, j'avalai ma salive et me
hasardai à lui demander enfin si son vol avait
été dur. Bury n'entendait pas, le front plissé,
penché sur son assiette. A bord des avions dé-
couverts, par mauvais temps, on s'inclinait hors
du pare-brise, pour mieux voir, et les gifles de
vent sifflaient longtemps dans les oreilles. Enfin
Bury releva la tête, parut m'entendre, se souvenir, et partit brusquement dans un rire clair.
Et ce rire m'émerveilla, car Bury riait peu,
ce rire bref qui illuminait sa fatigue. Il ne
donna point d'autre explication sur sa victoire,
pencha la tête, et reprit sa mastication dans le
silence. Mais dans la grisaille du restaurant,
parmi les petits fonctionnaires qui réparent ici
les humbles fatigues du jour, ce camarade aux
lourdes épaules me parut d'une étrange
noblesse; il laissait, sous sa rude écorce, percer
l'ange qui avait vaincu le dragon.

Vint enfin le soir où je fus appelé à mon tour
dans le bureau du directeur. Il me dit simplement :

« Vous partirez demain. »

Je restais là, debout, attendant qu'il me congédiât. Mais, après un silence, il ajouta :

« Vous connaissez bien les consignes? »

Les moteurs, à cette époque-là, n'offraient point la sécurité qu'offrent les moteurs d'aujourd'hui. Souvent, ils nous lâchaient d'un coup, sans prévenir, dans un grand tintamarre de vaisselle brisée. Et l'on rendait la main vers la croûte rocheuse de l'Espagne qui n'offrait guère de refuges. « Ici, quand le moteur se casse, disions-nous, l'avion, hélas! ne tarde guère à en faire autant. » Mais un avion, cela se remplace. L'important était avant tout de ne pas aborder le roc en aveugle. Aussi nous interdisait-on, sous peine des sanctions les plus graves, le survol des mers de nuages au-dessus des zones montagneuses. Le pilote en panne, s'enfonçant dans l'étoupe blanche, eût tamponné les sommets sans les voir.

C'est pourquoi, ce soir-là, une voix lente insistait une dernière fois sur la consigne :

« C'est très joli de naviguer à la boussole, en Espagne, au-dessus des mers de nuages, c'est très élégant, mais... »

Et, plus lentement encore :

« ... mais souvenez-vous : au-dessous des mers de nuages... c'est l'éternité. »

Voici que brusquement, ce monde calme, si uni, si simple, que l'on découvre quand on émerge des nuages, prenait pour moi une valeur inconnue. Cette douceur devenait un piège. J'imaginais cet immense piège blanc étalé, là, sous mes pieds. Au-dessous ne régnaient, comme on eût pu le croire, ni l'agitation des hommes, ni le tumulte, ni le vivant charroi des villes, mais un silence plus absolu encore, une paix plus définitive. Cette glu blanche devenait pour moi la frontière entre le réel et l'irréel, entre le connu et l'inconnaissable. Et je devinais déjà qu'un spectacle n'a point de sens, sinon à travers une culture, une civilisation, un métier. Les montagnards connaissaient aussi les mers de nuages. Ils n'y découvraient cependant pas ce rideau fabuleux.

Quand je sortis de ce bureau, j'éprouvai un orgueil puéril. J'allais être à mon tour, dès l'aube, responsable d'une charge de passagers, responsable du courrier d'Afrique. Mais j'éprouvais aussi une grande humilité. Je me sentais mal préparé. L'Espagne était pauvre en refuges;

je craignais, en face de la panne menaçante, de ne pas savoir où chercher l'accueil d'un champ de secours. Je m'étais penché, sans y découvrir les enseignements dont j'avais besoin, sur l'aridité des cartes; aussi, le cœur plein de ce mélange de timidité et d'orgueil, je m'en fus passer cette veillée d'armes chez mon camarade Guillaumet. Guillaumet m'avait précédé sur ces routes. Guillaumet connaissait les trucs qui livrent les clefs de l'Espagne. Il me fallait être initié par Guillaumet.

Quand j'entrai chez lui, il sourit :

« Je sais la nouvelle. Tu es content? »

Il s'en fut au placard chercher le porto et les verres, puis revint à moi, souriant toujours :

« Nous arrosons ça. Tu verras, ça marchera bien. »

Il répandait la confiance comme une lampe répand la lumière, ce camarade qui devait plus tard battre le record des traversées postales de la Cordillère des Andes et de celles de l'Atlantique Sud. Quelques années plus tôt, ce soir-là, en manches de chemise, les bras croisés sous la lampe. souriant du plus bienfaisant des sourires, il me dit simplement : « Les orages, la brume, la neige, quelquefois ça t'embêtera. Pense alors à tous ceux qui ont connu ça avant toi, et dis-toi simplement : ce que d'autres ont réussi, on peut toujours le réussir. » Cependant, je déroulai mes cartes, et je lui demandai quand même de revoir un peu, avec moi, le voyage, Et, penché sous la lampe, appuyé à l'épaule de l'ancien, je retrouvai la paix du collège.

Mais quelle étrange leçon de géographie je reçus là! Guillaumet ne m'enseignait pas l'Espagne; il me faisait de l'Espagne une amie. Il ne me parlait ni d'hydrographie, ni de populations, ni de cheptel. Il ne me parlait pas de Guadix, mais des trois orangers qui, près de Guadix, bordent un champ : « Méfie-toi d'eux, marque-les sur ta carte... » Et les trois orangers y tenaient désormais plus de place que la Sierra Nevada. Il ne me parlait pas de Lorca, mais d'une simple ferme près de Lorca. D'une ferme vivante. Et de son fermier. Et de sa fermière. Et ce couple prenait, perdu dans l'espace, à quinze cents kilomètres de nous, une importance démesurée. Bien installés sur le versant de leur montagne, pareils à des gardiens de phare, ils étaient prêts, sous leurs étoiles, à porter secours à des hommes.

Nous tirions ainsi de leur oubli, de leur inconcevable éloignement, des détails ignorés de tous les géographes du monde. Car l'Ebre seul, qui abreuve de grandes villes, intéresse les géographes. Mais non ce ruisseau caché sous les herbes à l'ouest de Motril, ce père nourricier d'une trentaine de fleurs. « Méfie-toi du ruisseau, il gâte le champ... Porte-le aussi sur ta carte. » Ah! je me souviendrais du serpent de Motril! Il n'avait l'air de rien, c'est à peine si, de son léger murmure, il enchantait quelques grenouilles, mais il ne reposait que d'un œil. Dans le paradis du champ de secours, allongé sous les herbes, il me guettait à deux mille kilomètres d'ici. A la première occasion, il me changerait en gerbe de flammes...

Je les attendais aussi de pied ferme, ces trente moutons de combat, disposés là, au flanc de la colline, prêts à charger : « Tu crois libre ce pré, et puis, vlan! voilà tes trente moutons qui te dévalent sous les roues... » Et moi je répondais par un sourire émerveillé à une menace aussi perfide.

Et, peu à peu, l'Espagne de ma carte devenait, sous la lampe, un pays de contes de fées. Je balisais d'une croix les refuges et les pièges.

Je balisais ce fermier, ces trente moutons, ce
ruisseau. Je portais, à sa place exacte, cette
bergère qu'avaient négligée les géographes.

Quand je pris congé de Guillaumet, j'éprouvai le besoin de marcher par cette soirée glacée
d'hiver. Je relevai le col de mon manteau et,
parmi les passants ignorants, je promenai une
jeune ferveur. J'étais fier de coudoyer ces inconnus avec mon secret au cœur. Ils m'igno-
raient, ces barbares, mais leurs soucis, mais leurs
élans, c'est à moi qu'ils les confieraient au lever
du jour avec la charge des sacs postaux. C'est
entre mes mains qu'ils se délivreraient de leurs
espérances. Ainsi, emmitouflé dans mon manteau, je faisais parmi eux des pas protecteurs,
mais ils ne savaient rien de ma sollicitude.

Ils ne recevaient point, non plus, les messages
que je recevais de la nuit. Car elle intéressait
ma chair même, cette tempête de neige qui
peut-être se préparait, et compliquerait mon
premier voyage. Des étoiles s'éteignaient une
à une, comment l'eussent-ils appris, ces pro-
meneurs? J'étais seul dans la confidence. On
me communiquait les positions de l'ennemi
avant la bataille...

Cependant, ces mots d'ordre qui m'enga-
geaient si gravement, je les recevais près des
vitrines éclairées, où luisaient les cadeaux de
Noël. Là semblaient exposés, dans la nuit, tous
les biens de la terre, et je goûtais l'ivresse
orgueilleuse du renoncement. J'étais un guerrier
menacé : que m'importaient ces cristaux miroi-
tants destinés aux fêtes du soir, ces abat-jour de
lampes, ces livres. Déjà je baignais dans l'embrun, je mordais déjà, pilote de ligne, à la pulpe
amère des nuits de vol.

Il était trois heures du matin quand on me
réveilla. Je poussai d'un coup sec les persiennes.
observai qu'il pleuvait sur la ville et m'habillai
gravement.

Une demi-heure plus tard, assis sur ma petite
valise, j'attendais à mon tour sur le trottoir
luisant de pluie, que l'omnibus passât me prendre. Tant de camarades avant moi, le jour de la
consécration, avaient subi cette même attente,
le cœur un peu serré. Il surgit enfin au coin
de la rue, ce véhicule d'autrefois, qui répandait
un bruit de ferraille, et j'eus droit, comme les
camarades, à mon tour, à me serrer sur la ban-
quette, entre le douanier mal réveillé et quel-

ques bureaucrates. Cet omnibus sentait le ren-
fermé, l'administration poussiéreuse, le vieux
bureau où la vie d'un homme s'enlise. Il stoppait
tous les cinq cents mètres pour charger un secré-
taire de plus, un douanier de plus, un inspecteur. Ceux qui, déjà, s'y étaient endormis
répondaient par un grognement vague au salut
du nouvel arrivant qui s'y tassait comme il
pouvait, et aussitôt s'endormait à son tour.
C'était, sur les pavés inégaux de Toulouse, une
sorte de charroi triste; et le pilote de ligne,
mêlé aux fonctionnaires, ne se distinguait
d'abord guère d'eux... Mais les réverbères défi-
laient, mais le terrain se rapprochait, mais ce
vieil omnibus branlant n'était plus qu'une
chrysalide grise dont l'homme sortirait transfiguré.

Chaque camarade, ainsi, par un matin semblable, avait senti, en lui-même, sous le subal-
terne vulnérable, soumis encore à la hargne de
cet inspecteur, naître le responsable du Courrier
d'Espagne et d'Afrique, naître celui qui, trois
heures plus tard, affronterait dans les éclairs le
dragon de l'Hospitalet... qui, quatre heures plus
tard, l'ayant vaincu, déciderait en toute liberté,
ayant pleins pouvoirs, le détour par la mer ou

l'assaut direct des massifs d'Alcoy, qui traiterait
avec l'orage, la montagne, l'océan.

Chaque camarade, ainsi, confondu dans
l'équipe anonyme sous le sombre ciel d'hiver de
Toulouse, avait senti, par un matin semblable,
grandir en lui le souverain qui, cinq heures plus
tard, abandonnant derrière lui les pluies et les
neiges du Nord, répudiant l'hiver, réduirait
le régime du moteur, et commencerait sa descente en plein été, dans le soleil éclatant
d'Alicante.

Ce vieil omnibus a disparu, mais son austérité,
son inconfort sont restés vivants dans mon
souvenir. Il symbolisait bien la préparation
nécessaire aux dures joies de notre métier. Tout
y prenait une sobriété saisissante. Et je me
souviens d'y avoir appris, trois ans plus tard,
sans que dix mots eussent été échangés, la mort
du pilote Lécrivain, un des cent camarades
de la ligne qui, par un jour ou une nuit de
brume, prirent leur éternelle retraite.

Il était ainsi trois heures du matin, le même
silence régnait, lorsque nous entendîmes le directeur, invisible dans l'ombre, élever la voix
vers l'inspecteur :

« Lécrivain n'a pas atterri, cette nuit, à Casablanca.

— Ah! répondit l'inspecteur. Ah? »

Et, arraché au cours de son rêve, il fit un effort pour se réveiller, pour montrer son zèle et il ajouta :

« Ah! oui? Il n'a pas réussi à passer? Il a fait demi-tour? »

A quoi, dans le fond de l'omnibus, il fut répondu simplement : « Non. » Nous attendîmes la suite mais aucun mot ne vint. Et à mesure que les secondes tombaient, il devenait plus évident que ce « non » ne serait suivi d'aucun autre mot, que ce « non » était sans appel, que Lécrivain non seulement n'avait pas atterri à Casablanca, mais que jamais il n'atterrirait plus nulle part.

Ainsi ce matin-là, à l'aube de mon premier courrier, je me soumettais à mon tour aux rites sacrés du métier, et je me sentais manquer d'assurance à regarder, à travers les vitres, le macadam luisant où se reflétaient les réverbères. On y voyait, sur les flaques d'eau, de grandes palmes de vent courir. Et je pensais : « Pour mon premier courrier... vraiment... j'ai peu de chance. » Je levai les yeux sur l'inspecteur :

« Est-ce du mauvais temps? » L'inspecteur jeta
vers la vitre un regard usé : « Ça ne prouve
rien », grogna-t-il enfin. Et je me demandais à
quel signe se reconnaissait le mauvais temps.
Guillaumet avait effacé, la veille au soir, par un
seul sourire, tous les présages malheureux dont
nous accablaient les anciens, mais ils me reve-
naient à la mémoire : « Celui qui ne connaît pas
la ligne, caillou par caillou, s'il rencontre une
tempête de neige, je le plains... Ah! oui! je le
plains!... » Il leur fallait bien sauver le prestige,
et ils hochaient la tête en nous dévisageant avec
une pitié un peu gênante, comme s'ils plai-
gnaient en nous une innocente candeur.

Et, en effet, pour combien d'entre nous, déjà,
cet omnibus avait-il servi de dernier refuge?
Soixante, quatre-vingts? Conduits par le même
chauffeur taciturne, un matin de pluie. Je regardais autour de moi : des points lumineux
luisaient dans l'ombre, des cigarettes ponctuaient
des méditations. Humbles méditations d'em-
ployés vieillis. A combien d'entre nous ces com-
pagnons avaient-ils servi de dernier cortège?

Je surprenais aussi les confidences que l'on
échangeait à voix basse. Elles portaient sur les

maladies, l'argent, les tristes soucis domestiques. Elles montraient les murs de la prison terne dans laquelle ces hommes s'étaient enfermés. Et, brusquement, m'apparut le visage de la destinée.

Vieux bureaucrate, mon camarade ici présent, nul jamais ne t'a fait évader et tu n'en es point responsable. Tu as construit ta paix à force d'aveugler de ciment, comme le font les termites, toutes les échappées vers la lumière. Tu t'es roulé en boule dans ta sécurité bourgeoise, tes routines, les rites étouffants de ta vie provinciale, tu as élevé cet humble rempart contre les vents et les marées et les étoiles. Tu ne veux point t'inquiéter des grands problèmes, tu as eu bien assez de mal à oublier ta condition d'homme. Tu n'es point l'habitant d'une planète errante, tu ne te poses point de questions sans réponse : tu es un petit bourgeois de Toulouse. Nul ne t'a saisi par les épaules quand il en était temps encore. Maintenant, la glaise dont tu es formé a séché, et s'est durcie, et nul en toi ne saurait désormais réveiller le musicien endormi ou le poète, ou l'astronome qui peut-être t'habitait d'abord.

Je ne me plains plus des rafales de pluie. La magie du métier m'ouvre un monde où j'affron-

terai, avant deux heures, les dragons noirs et les
crêtes couronnées d'une chevelure d'éclairs
bleus, où, la nuit venue, délivré, je lirai mon
chemin dans les astres.

Ainsi se déroulait notre baptême profession-
nel, et nous commencions de voyager. Ces
voyages, le plus souvent, étaient sans histoire.
Nous descendions en paix, comme des plon-
geurs de métier, dans les profondeurs de notre
domaine. Il est aujourd'hui bien exploré. Le
pilote, le mécanicien et le radio ne tentent plus
une aventure, mais s'enferment dans un labo-
ratoire. Ils obéissent à des jeux d'aiguilles, et
non plus au déroulement de paysages. Au-dehors,
les montagnes sont immergées dans les ténèbres,
mais ce ne sont plus des montagnes. Ce sont
d'invisibles puissances dont il faut calculer
l'approche. Le radio, sagement, sous la lampe,
note des chiffres, le mécanicien pointe la carte,
et le pilote corrige sa route si les montagnes
ont dérivé, si les sommets qu'il désirait dou-
bler à gauche se sont déployés en face de lui
dans le silence et le secret de préparatifs militaires.

Quant aux radios de veille au sol, ils prennent

sagement, sur leurs cahiers, à la même seconde, la même dictée de leur camarade : « Minuit quarante. Route au 230. Tout va bien à bord. »

Ainsi voyage aujourd'hui l'équipage. Il ne sent point qu'il est en mouvement. Il est très loin, comme la nuit en mer, de tout repère. Mais les moteurs remplissent cette chambre éclairée d'un frémissement qui change sa substance. Mais l'heure tourne. Mais il se poursuit dans ces cadrans, dans ces lampes-radio, dans ces aiguilles toute une alchimie invisible. De seconde en seconde, ces gestes secrets, ces mots étouffés, cette attention préparent le miracle. Et, quand l'heure est venue, le pilote, à coup sûr, peut coller son front à la vitre. L'or est né du Néant : il rayonne dans les feux de l'escale.

Et cependant, nous avons tous connu les voyages, où, tout à coup, à la lumière d'un point de vue particulier, à deux heures de l'escale, nous avons ressenti notre éloignement comme nous ne l'eussions pas ressenti aux Indes, et d'où nous n'espérions plus revenir.

Ainsi, lorsque Mermoz, pour la première fois, franchit l'Atlantique Sud en hydravion, il aborda, vers la tombée du jour, la région du Pot-

au-Noir. Il vit, en face de lui, se resserrer, de
minute en minute, les queues de tornades,
comme on voit se bâtir un mur, puis la nuit
s'établir sur ces préparatifs, et les dissimuler.
Et quand, une heure plus tard, il se faufila
sous les nuages, il déboucha dans un royaume
fantastique.

Des trombes marines se dressaient là accu-
mulées et en apparence immobiles comme les
piliers noirs d'un temple. Elles supportaient,
renflées à leurs extrémités, la voûte sombre et
basse de la tempête, mais, au travers des déchi-
rures de la voûte, des pans de lumière tombaient,
et la pleine lune rayonnait, entre les piliers, sur
les dalles froides de la mer. Et Mermoz pour-
suivit sa route à travers ces ruines inhabitées,
obliquant d'un chenal de lumière à l'autre,
contournant ces piliers géants où, sans doute,
grondait l'ascension de la mer, marchant quatre
heures, le long de ces coulées de lune, vers la
sortie du temple. Et ce spectacle était si écrasant
que Mermoz, une fois le Pot-au-Noir franchi,
s'aperçut qu'il n'avait pas eu peur.

Je me souviens aussi de l'une de ces heures
où l'on franchit les lisières du monde réel :
les relèvements radiogoniométriques communi-

qués par les escales sahariennes avaient été faux
toute cette nuit-là, et nous avaient gravement
trompés, le radiotélégraphiste Néri et moi.
Lorsque, ayant vu l'eau luire au fond d'une
crevasse de brume, je virai brusquement dans
la direction de la côte, nous ne pouvions savoir
depuis combien de temps nous nous enfoncions
vers la haute mer.

Nous n'étions plus certains de rejoindre la
côte, car l'essence manquerait peut-être. Mais,
la côte une fois rejointe, il nous eût fallu retrouver l'escale. Or, c'était l'heure du coucher de la
lune. Sans renseignements angulaires, déjà
sourds, nous devenions peu à peu aveugles. La
lune achevait de s'éteindre, comme une braise
pâle, dans une brume semblable à un banc de
neige. Le ciel, au-dessus de nous, à son tour se
couvrait de nuages, et nous naviguions désormais entre ces nuages et cette brume, dans un
monde vidé de toute lumière et de toute
substance.

Les escales qui nous répondaient renonçaient
à nous renseigner sur nous-mêmes : « Pas de
relèvements... Pas de relèvements... » car notre
voix leur parvenait de partout et de nulle part.

Et brusquement, quand nous désespérions

déjà, un point brillant se démasqua sur l'horizon, à l'avant gauche. Je ressentis une joie tumultueuse, Néri se pencha vers moi et je l'entendis qui chantait! Ce ne pouvait être que l'escale, ce ne pouvait être que son phare, car le Sahara, la nuit, s'éteint tout entier et forme un grand territoire mort. La lumière cependant scintilla un peu, puis s'éteignit. Nous avions mis le cap sur une étoile, visible à son coucher, et pour quelques minutes seulement, à l'horizon, entre la couche de brume et les nuages.

Alors, nous vîmes se lever d'autres lumières, et nous mettions, avec une sourde espérance, le cap sur chacune d'elles tour à tour. Et quand le feu se prolongeait, nous tentions l'expérience vitale : « Feu en vue, ordonnait Néri à l'escale de Cisneros, éteignez votre phare et rallumez trois fois. » Cisneros éteignait et rallumait son phare, mais la lumière dure, que nous surveillions, ne clignait pas, incorruptible étoile.

Malgré l'essence qui s'épuisait, nous mordions, chaque fois, aux hameçons d'or, c'était, chaque fois, la vraie lumière d'un phare, c'était, chaque fois, l'escale et la vie, puis il nous fallait changer d'étoile.

Dès lors, nous nous sentîmes perdus dans

l'espace interplanétaire, parmi cent planètes inaccessibles, à la recherche de la seule planète véritable, de la nôtre, de celle qui, seule, contenait nos paysages familiers, nos maisons amies, nos tendresses.

De celle qui, seule, contenait... Je vous dirai l'image qui m'apparut, et qui vous semblera peut-être puérile. Mais au cœur du danger on conserve des soucis d'homme, et j'avais soif, et j'avais faim. Si nous retrouvions Cisneros, nous poursuivrions le voyage, une fois achevé le plein d'essence, et atterririons à Casablanca, dans la fraîcheur du petit jour. Fini le travail! Néri et moi descendrions en ville. On trouve, à l'aube, de petits bistrots qui s'ouvrent déjà... Néri et moi, nous nous attablerions, bien en sécurité, et riant de la nuit passée, devant les croissants chauds et le café au lait. Néri et moi recevrions ce cadeau matinal de la vie. La vieille paysanne, ainsi, ne rejoint son dieu qu'à travers une image peinte, une médaille naïve, un chapelet : il faut que l'on nous parle un simple langage pour se faire entendre de nous. Ainsi la joie de vivre se ramassait-elle pour moi dans cette première gorgée parfumée et brûlante, dans ce mélange de lait, de café et de blé, par où l'on communie avec les pâturages calmes, les plantations exotiques et les moissons, par où l'on communie avec toute la terre. Parmi tant d'étoiles il n'en était qu'une qui composât, pour se mettre à notre portée, ce bol odorant du repas de l'aube.

Mais des distances infranchissables s'accumulaient entre notre navire et cette terre habitée. Toutes les richesses du monde logeaient dans un grain de poussière égaré parmi les constellations. Et l'astrologue Néri, qui cherchait à le reconnaître, suppliait toujours les étoiles.

Son poing, soudain, bouscula mon épaule. Sur le papier que m'annonçait cette bourrade, je lus : « Tout va bien, je reçois un message magnifique... » Et j'attendis, le cœur battant, qu'il eût achevé de me transcrire les cinq ou six mots qui nous sauveraient. Enfin je le reçus, ce don du ciel.

Il était daté de Casablanca que nous avions quitté la veille au soir. Retardé dans les transmissions, il nous atteignait tout à coup, deux mille kilomètres plus loin, entre les nuages et la brume, et perdus en mer. Ce message émanait du représentant de l'Etat, à l'aéroport de Casablanca. Et je lus : « Monsieur de Saint-Exupéry, je me vois obligé de demander, pour vous, sanction à Paris, vous avez viré trop près des hangars au départ de Casablanca. » Il était vrai que j'avais viré trop près des hangars. Il était vrai aussi que cet homme faisait son métier en se fâchant. J'eusse subi ce reproche avec humilité dans un bureau d'aéroport. Mais il nous joignait là où il n'avait pas à nous joindre. Il détonnait parmi ces trop rares étoiles, ce lit de brume, ce goût menaçant de la mer. Nous tenions en main nos destinées, celle du courrier et celle de notre navire, nous avions bien du mal à gouverner pour vivre, et cet homme-là purgeait contre nous sa petite rancune. Mais, loin d'être irrités, nous éprouvâmes, Néri et moi, une vaste et soudaine jubilation. Ici, nous étions les maîtres, il nous le faisait découvrir. Il n'avait donc pas vu, à nos manches, ce caporal, que nous étions passés capitaines? Il nous dérangeait dans notre songe, quand nous faisions gravement les cent pas de la Grande Ourse au Sagittaire, quand la seule affaire à notre échelle, et qui pût nous préoccuper, était cette trahison de la lune...

Le devoir immédiat, le seul devoir de la planète où cet homme se manifestait, était de

nous fournir des chiffres exacts, pour nos calculs
parmi les astres. Et ils étaient faux. Pour le
reste, provisoirement, la planète n'avait qu'à
se taire. Et Néri m'écrivit : « Au lieu de s'amuser
à des bêtises ils feraient mieux de nous ramener
quelque part... » « Ils » résumait pour lui tous
les peuples du globe, avec leurs parlements, leurs
sénats, leurs marines, leurs armées et leurs
empereurs. Et, relisant ce message d'un insensé
qui prétendait avoir affaire avec nous, nous
virions de bord vers Mercure.

Nous fûmes sauvés par le hasard le plus
étrange : vint l'heure où, sacrifiant l'espoir de
rejoindre jamais Cisneros et virant perpendiculairement à la direction de la côte, je décidai
de tenir ce cap jusqu'à la panne d'essence. Je me
réservais ainsi quelques chances de ne pas sombrer en mer. Malheureusement, mes phares en
trompe-l'œil m'avaient attiré Dieu sait où.
Malheureusement aussi la brume épaisse dans
laquelle nous serions contraints, au mieux, de
plonger en pleine nuit, nous laissait peu de
chances d'aborder le sol sans catastrophe. Mais
je n'avais pas à choisir.

La situation était si nette que je haussai mé-

lancoliquement les épaules quand Néri me
glissa un message qui, une heure plus tôt, nous
eût sauvés : « Cisneros se décide à nous relever.
Cisneros indique : deux cent seize douteux... »
Cisneros n'était plus enfouie dans les ténèbres,
Cisneros se révélait là, tangible, sur notre
gauche. Oui, mais à quelle distance? Nous
engageâmes, Néri et moi, une courte conversation. Trop tard. Nous étions d'accord. A
courir Cisneros, nous aggravions nos risques
de manquer la côte. Et Néri répondit : « Cause
une heure d'essence maintenons cap au quatre-
vingt-treize. »

Les escales, cependant, une à une se réveil-
laient. A notre dialogue se mêlaient les voix
d'Agadir, de Casablanca, de Dakar. Les postes
radio de chacune des villes avaient alerté les
aéroports. Les chefs d'aéroports avaient alerté
les camarades. Et peu à peu, ils se rassemblaient
autour de nous comme autour du lit d'un
malade. Chaleur inutile, mais chaleur quand
même. Conseils stériles, mais tellement tendres!

Et brusquement Toulouse surgit, Toulouse,
tête de ligne, perdue là-bas à quatre mille kilomètres. Toulouse s'installa d'emblée parmi nous
et, sans préambule : « Appareil que pilotez

n'est-il pas le F... (J'ai oublié l'immatriculation.)
— Oui. — Alors disposez encore de deux heures
essence. Réservoir de cet appareil n'est pas un
réservoir standard. Cap sur Cisneros. »

Ainsi, les nécessités qu'impose un métier,
transforment et enrichissent le monde. Il n'est
même point besoin de nuit semblable pour faire
découvrir par le pilote de ligne un sens nouveau
aux vieux spectacles. Le paysage monotone, qui
fatigue le passager, est déjà autre pour l'équipage. Cette masse nuageuse, qui barre l'horizon,
cesse pour lui d'être un décor : elle intéressera
ses muscles et lui posera des problèmes. Déjà
il en tient compte, il la mesure, un langage
véritable la lie à lui. Voici un pic, lointain
encore : quel visage montrera-t-il? Au clair de
lune, il sera le repère commode. Mais si le pilote
vole en aveugle, corrige difficilement sa dérive,
et doute de sa position, le pic se changera en
explosif, il remplira de sa menace la nuit entière,
de même qu'une seule mine immergée, pro-
menée au gré des courants, gâte toute la mer.

Ainsi varient aussi les océans. Aux simples
voyageurs, la tempête demeure invisible : obser-

vées de si haut, les vagues n'offrent point de
relief, et les paquets d'embrun paraissent immobiles. Seules de grandes palmes blanches s'éta-
lent, marquées de nervures et de bavures, prises
dans une sorte de gel. Mais l'équipage juge
qu'ici tout amerrissage est interdit. Ces palmes
sont, pour lui, semblables à de grandes fleurs
vénéneuses.

Et si même le voyage est un voyage heureux,
le pilote qui navigue quelque part, sur son tronçon de ligne, n'assiste pas à un simple spectacle.
Ces couleurs de la terre et du ciel, ces traces
de vent sur la mer, ces nuages dorés du crépuscule, il ne les admire point, mais les médite.
Semblable au paysan qui fait sa tournée dans son
domaine et qui prévoit, à mille signes, la marche
du printemps, la menace du gel, l'annonce de
la pluie, le pilote de métier, lui aussi, déchiffre
des signes de neige, des signes de brume, des
signes de nuit bienheureuse. La machine, qui
semblait d'abord l'en écarter, le soumet avec
plus de rigueur encore aux grands problèmes
naturels. Seul au milieu du vaste tribunal qu'un
ciel de tempête lui compose, ce pilote dispute
son courrier à trois divinités élémentaires, la
montagne, la mer et l'orage.

II

LES CAMARADES

1

QUELQUES camarades, dont Mermoz, fondèrent la ligne française de Casablanca à Dakar, à travers le Sahara insoumis. Les moteurs d'alors ne résistant guère, une panne livra Mermoz aux Maures; ils hésitèrent à le massacrer, le gardèrent quinze jours prisonnier, puis le revendirent. Et Mermoz reprit ses courriers au-dessus des mêmes territoires.

Lorsque s'ouvrit la ligne d'Amérique, Mermoz, toujours à l'avant-garde, fut chargé d'étudier le tronçon de Buenos Aires à Santiago, et, après un pont sur le Sahara, de bâtir un pont au-dessus des Andes. On lui confia un avion qui

plafonnait à cinq mille deux cents mètres. Les
crêtes de la Cordillère s'élèvent à sept mille
mètres. Et Mermoz décolla pour chercher des
trouées. Après le sable, Mermoz affronta la
montagne, ces pics qui, dans le vent, lâchent
leur écharpe de neige, ce pâlissement des choses
avant l'orage, ces remous si durs qui, subis entre
deux murailles de rocs, obligent le pilote à une
sorte de lutte au couteau. Mermoz s'engageait
dans ces combats sans rien connaître de l'adver-
saire, sans savoir si l'on sort en vie de
telles étreintes. Mermoz « essayait » pour les
autres.

Enfin, un jour, à force « d'essayer », il se
découvrit prisonnier des Andes.

Echoués, à quatre mille mètres d'altitude, sur
un plateau aux parois verticales, son mécanicien et lui cherchèrent pendant deux jours à
s'évader. Ils étaient pris. Alors, ils jouèrent leur
dernière chance, lancèrent l'avion vers le vide,
rebondirent durement sur le sol inégal, jusqu'au
précipice, où ils coulèrent. L'avion, dans la
chute, prit enfin assez de vitesse pour obéir de
nouveau aux commandes. Mermoz le redressa
face à une crête, toucha la crête, et, l'eau fusant
de toutes les tubulures crevées dans la nuit

par le gel, déjà en panne après sept minutes de
vol, découvrit la plaine chilienne, sous lui,
comme une Terre promise.

Le lendemain, il recommençait.

Quand les Andes furent bien explorées, une
fois la technique des traversées bien au point,
Mermoz confia ce tronçon à son camarade
Guillaumet et s'en fut explorer la nuit.

L'éclairage de nos escales n'était pas encore
réalisé, et sur les terrains d'arrivée, par nuit
noire on alignait en face de Mermoz la maigre
illumination de trois feux d'essence.

Il s'en tira et ouvrit la route.

Lorsque la nuit fut bien apprivoisée, Mermoz
essaya l'Océan. Et le courrier, dès 1931, fut
transporté, pour la première fois, en quatre
jours, de Toulouse à Buenos Aires. Au retour,
Mermoz subit une panne d'huile au centre de
l'Atlantique Sud et sur une mer démontée. Un
navire le sauva, lui, son courrier et son équipage.

Ainsi Mermoz avait défriché les sables, la
montagne, la nuit et la mer. Il avait sombré
plus d'une fois dans les sables, la montagne, la
nuit et la mer. Et quand il était revenu, ç'avait
toujours été pour repartir.

Enfin après douze années de travail, comme il survolait une fois de plus l'Atlantique Sud, il signala par un bref message qu'il coupait le moteur arrière droit. Puis le silence se fit.

La nouvelle ne semblait guère inquiétante, et, cependant, après dix minutes de silence, tous les postes radio de la ligne, de Paris jusqu'à Buenos Aires, commencèrent leur veille dans l'angoisse. Car si dix minutes de retard n'ont guère de sens dans la vie journalière, elles prennent dans l'aviation postale une lourde signification. Au cœur de ce temps mort, un événement encore inconnu se trouve enfermé. Insignifiant ou malheureux, il est désormais révolu. La destinée a prononcé son jugement, et, contre ce jugement, il n'est plus d'appel : une main de fer a gouverné un équipage vers l'amerrissage sans gravité ou l'écrasement. Mais le verdict n'est pas signifié à ceux qui attendent.

Lequel d'entre nous n'a point connu ces espérances de plus en plus fragiles, ce silence qui empire de minute en minute comme une maladie fatale? Nous espérions, puis les heures se sont écoulées et, peu à peu, il s'est fait tard. Il nous a bien fallu comprendre que nos camarades ne rentreraient plus, qu'ils reposaient dans cet Atlantique Sud dont ils avaient si souvent labouré le ciel. Mermoz, décidément, s'était retranché derrière son ouvrage, pareil au moissonneur qui, ayant bien lié sa gerbe, se couche dans son champ.

Quand un camarade meurt ainsi, sa mort paraît encore un acte qui est dans l'ordre du métier, et, tout d'abord, blesse peut-être moins qu'une autre mort. Certes il s'est éloigné celui-là, ayant subi sa dernière mutation d'escale, mais sa présence ne nous manque pas encore en profondeur comme pourrait nous manquer le pain.

Nous avons en effet l'habitude d'attendre longtemps les rencontres. Car ils sont dispersés dans le monde, les camarades de ligne, de Paris à Santiago du Chili, isolés un peu comme des sentinelles qui ne se parleraient guère. Il faut le hasard des voyages pour rassembler, ici ou là, les membres dispersés de la grande famille professionnelle. Autour de la table d'un soir, à Casablanca, à Dakar, à Buenos Aires, on reprend, après des années de silence, ces conversations interrompues, on se renoue aux vieux souvenirs. Puis l'on repart. La terre ainsi est à la fois déserte et riche. Riche de ces jardins secrets, cachés, difficiles à atteindre, mais auxquels le métier nous ramène toujours, un jour ou l'autre. Les camarades, la vie peut-être nous en écarte, nous empêche d'y beaucoup penser, mais ils sont quelque part, on ne sait trop où, silencieux et oubliés, mais tellement fidèles! Et si nous croisons leur chemin, ils nous secouent par les épaules avec de belles flambées de joie! Bien sûr, nous avons l'habitude d'attendre...

Mais peu à peu nous découvrons que le rire clair de celui-là nous ne l'entendrons plus jamais, nous découvrons que ce jardin-là nous est interdit pour toujours. Alors commence notre deuil véritable qui n'est point déchirant mais un peu amer.

Rien, jamais, en effet, ne remplacera le compagnon perdu. On ne se crée point de vieux camarades. Rien ne vaut le trésor de tant de souvenirs communs, de tant de mauvaises heures vécues ensemble, de tant de brouilles, de réconciliations, de mouvements du cœur. On ne reconstruit pas ces amitiés-là. Il est vain, si l'on plante un chêne, d'espérer s'abriter bientôt sous son feuillage.

Ainsi va la vie. Nous nous sommes enrichis d'abord, nous avons planté pendant des années, mais viennent les années où le temps défait ce travail et déboise. Les camarades, un à un, nous retirent leur ombre. Et à nos deuils se mêle désormais le regret secret de vieillir.

Telle est la morale que Mermoz et d'autres nous ont enseignée. La grandeur d'un métier est peut-être, avant tout, d'unir des hommes : il n'est qu'un luxe véritable, et c'est celui des relations humaines.

En travaillant pour les seuls biens matériels, nous bâtissons nous-mêmes notre prison. Nous nous enfermons solitaires, avec notre monnaie de cendre qui ne procure rien qui vaille de vivre.

Si je cherche dans mes souvenirs ceux qui m'ont laissé un goût durable, si je fais le bilan des heures qui ont compté, à coup sûr je retrouve celles que nulle fortune ne m'eût procurées. On n'achète pas l'amitié d'un Mermoz, d'un compagnon que les épreuves vécues ensemble ont lié à nous pour toujours.

Cette nuit de vol et ses cent mille étoiles, cette sérénité, cette souveraineté de quelques heures, l'argent ne les achète pas.

Cet aspect neuf du monde après l'étape difficile, ces arbres, ces fleurs, ces femmes, ces sourires fraîchement colorés par la vie qui vient de nous être rendue à l'aube, ce concert des petites choses qui nous récompensent, l'argent ne les achète pas.

Ni cette nuit vécue en dissidence et dont le souvenir me revient.

Nous étions trois équipages de l'Aéropostale échoués à la tombée du jour sur la côte de Rio de Oro. Mon camarade Riguelle s'était posé d'abord, à la suite d'une rupture de bielle; un autre camarade, Bourgat, avait atterri à son tour pour recueillir son équipage, mais une avarie sans gravité l'avait aussi cloué au sol. Enfin, j'atterris, mais quand je survins la nuit tombait. Nous décidâmes de sauver l'avion de Bourgat, et, afin de mener à bien la réparation, d'attendre le jour.

Une année plus tôt, nos camarades Gourp et Erable, en panne ici, exactement, avaient été massacrés par les dissidents. Nous savions qu'aujourd'hui aussi un rezzou de trois cents fusils campait quelque part à Bojador. Nos trois atterrissages, visibles de loin, les avaient

peut-être alertés, et nous commencions une
veille qui pouvait être la dernière.

Nous nous sommes donc installés pour la
nuit. Ayant débarqué des soutes à bagages cinq
ou six caisses de marchandises, nous les avons
vidées et disposées en cercle et, au fond de chacune d'elles, comme au creux d'une guérite,
nous avons allumé une pauvre bougie, mal protégée contre le vent. Ainsi, en plein désert, sur
l'écorce nue de la planète, dans un isolement
des premières années du monde, nous avons
bâti un village d'hommes.

Groupés pour la nuit sur cette grande place
de notre village, ce coupon de sable où nos
caisses versaient une lueur tremblante, nous
avons attendu. Nous attendions l'aube qui nous
sauverait, ou les Maures. Et je ne sais ce qui
donnait à cette nuit son goût de Noël. Nous nous
racontions des souvenirs, nous nous plaisantions
et nous chantions.

Nous goûtions cette même ferveur légère
qu'au cœur d'une fête bien préparée. Et cependant, nous étions infiniment pauvres. Du vent,
du sable, des étoiles. Un style dur pour trap-
pistes. Mais sur cette nappe mal éclairée, six ou
sept hommes qui ne possédaient plus rien au

monde, sinon leurs souvenirs, se partageaient
d'invisibles richesses.

Nous nous étions enfin rencontrés. On chemine longtemps côte à côte, enfermé dans son
propre silence, ou bien l'on échange des mots
qui ne transportent rien. Mais voici l'heure du
danger. Alors on s'épaule l'un à l'autre. On
découvre que l'on appartient à la même communauté. On s'élargit par la découverte d'autres
consciences. On se regarde avec un grand sourire. On est semblable à ce prisonnier délivré
qui s'émerveille de l'immensité de la mer.

II

Guillaumet, je dirai quelques mots sur toi,
mais je ne te gênerai point en insistant avec
lourdeur sur ton courage ou sur ta valeur professionnelle. C'est autre chose que je voudrais
décrire en racontant la plus belle de tes aven-
tures.

Il est une qualité qui n'a point de nom. Peut-
être est-ce la « gravité », mais le mot ne satisfait

pas. Car cette qualité peut s'accompagner de la
gaieté la plus souriante. C'est la qualité même
du charpentier qui s'installe d'égal à égal en
face de sa pièce de bois, la palpe, la mesure et,
loin de la traiter à la légère, rassemble à son
propos toutes ses vertus.

J'ai lu, autrefois, Guillaumet, un récit où l'on
célébrait ton aventure, et j'ai un vieux compte à
régler avec cette image infidèle. On t'y voyait,
lançant des boutades de « gavroche », comme
si le courage consistait à s'abaisser à des raille-
ries de collégien, au cœur des pires dangers et
à l'heure de la mort. On ne te connaissait pas,
Guillaumet. Tu n'éprouves pas le besoin, avant
de les affronter, de tourner en dérision tes adversaires. En face d'un mauvais orage, tu juges :
« Voici un mauvais orage. » Tu l'acceptes et
tu le mesures.

Je t'apporte ici, Guillaumet, le témoignage
de mes souvenirs.

Tu avais disparu depuis cinquante heures, en
hiver, au cours d'une traversée des Andes.
Rentrant du fond de la Patagonie, je rejoignis le
pilote Deley à Mendoza. L'un et l'autre, cinq
jours durant, nous fouillâmes, en avion, cet

amoncellement de montagnes, mais sans rien découvrir. Nos deux appareils ne suffisaient guère. Il nous semblait que cent escadrilles, naviguant pendant cent années, n'eussent pas achevé d'explorer cet énorme massif dont les crêtes s'élèvent jusqu'à sept mille mètres. Nous avions perdu tout espoir. Les contrebandiers mêmes, des bandits qui, là-bas, osent un crime pour cinq francs, nous refusaient d'aventurer, sur les contreforts de la montagne, des caravanes de secours : « Nous y risquerions notre vie », nous disaient-ils. « Les Andes, en hiver, ne rendent point les hommes. » Lorsque Deley ou moi atterrissions à Santiago, les officiers chiliens, eux aussi, nous conseillaient de suspendre nos explorations. « C'est l'hiver. Votre camarade, si même il a survécu à la chute, n'a pas survécu à la nuit. La nuit, là-haut, quand elle passe sur l'homme, elle le change en glace. » Et lorsque, de nouveau, je me glissais entre les murs et les piliers géants des Andes, il me semblait, non plus te rechercher, mais veiller ton corps, en silence, dans une cathédrale de neige.

Enfin, au cours du septième jour, tandis que je déjeunais entre deux traversées, dans un

restaurant de Mendoza, un homme poussa la
porte et cria, oh! peu de chose :

« Guillaumet... vivant! »

Et tous les inconnus qui se trouvaient là
s'embrassèrent.

Dix minutes plus tard, j'avais décollé, ayant
chargé à bord deux mécaniciens, Lefebvre et
Abri. Quarante minutes plus tard, j'avais atterri
le long d'une route, ayant reconnu, à je ne sais
quoi, la voiture qui t'emportait je ne sais où,
du côté de San Rafael. Ce fut une belle rencontre, nous pleurions tous, et nous t'écrasions
dans nos bras, vivant, ressuscité, auteur de ton
propre miracle. C'est alors que tu exprimas, et
ce fut ta première phrase intelligible, un admirable orgueil d'homme : « Ce que j'ai fait, je
te le jure, jamais aucune bête ne l'aurait fait. »

Plus tard, tu nous racontas l'accident.

Une tempête qui déversa cinq mètres d'épaisseur de neige, en quarante-huit heures, sur le
versant chilien des Andes, bouchant tout l'espace, les Américains de la Pan-Air avaient fait
demi-tour. Tu décollais pourtant à la recherche
d'une déchirure dans le ciel. Tu le découvrais
un peu plus au sud, ce piège, et maintenant,

vers six mille cinq cents mètres, dominant les
nuages qui ne plafonnaient qu'à six mille, et
dont émergeaient seules les hautes crêtes, tu
mettais le cap sur l'Argentine.

Les courants descendants donnent parfois aux
pilotes une bizarre sensation de malaise. Le
moteur tourne rond, mais l'on s'enfonce. On
cabre pour sauver son altitude, l'avion perd sa
vitesse et devient mou : on s'enfonce toujours.
On rend la main, craignant maintenant d'avoir
trop cabré, on se laisse dériver sur la droite ou
la gauche pour s'adosser à la crête favorable,
celle qui reçoit les vents comme un tremplin,
mais l'on s'enfonce encore. C'est le ciel entier
qui semble descendre. On se sent pris, alors,
dans une sorte d'accident cosmique. Il n'est
plus de refuge. On tente en vain le demi-tour
pour rejoindre, en arrière, les zones où l'air
vous soutenait, solide et plein comme un pilier.
Mais il n'est plus de pilier. Tout se décompose,
et l'on glisse dans un délabrement universel
vers le nuage qui monte mollement, se hausse
jusqu'à vous, et vous absorbe.

« J'avais déjà failli me faire coincer, nous
disais-tu, mais je n'étais pas convaincu encore.
On rencontre des courants descendants au-

dessus de nuages qui paraissent stables, pour la
simple raison qu'à la même altitude ils se re-
composent indéfiniment. Tout est si bizarre en
haute montagne... »

Et quels nuages!...

« Aussitôt pris, je lâchai les commandes, me
cramponnant au siège pour ne point me laisser
projeter au-dehors. Les secousses étaient si dures
que les courroies me blessaient aux épaules et
eussent sauté. Le givrage, de plus, m'avait
privé net de tout horizon instrumental et je fus
roulé comme un chapeau, de six mille à trois
mille cinq.

« A trois mille cinq j'entrevis une masse
noire, horizontale, qui me permit de rétablir
l'avion. C'était un étang que je reconnus : la
Laguna Diamante. Je la savais logée au fond
d'un entonnoir, dont un des flancs, le volcan
Maipu, s'élève à six mille neuf cents mètres.
Quoique délivré du nuage, j'étais encore aveu-
glé par d'épais tourbillons de neige, et ne pouvais lâcher mon lac sans m'écraser contre un
des flancs de l'entonnoir. Je tournai donc
autour de la lagune, à trente mètres d'altitude,
jusqu'à la panne d'essence. Après deux heures
de manège, je me posai et capotai. Quand je me

dégageai de l'avion, la tempête me renversa.
Je me rétablis sur mes pieds, elle me renversa
encore. J'en fus réduit à me glisser sous la car-
lingue et à creuser un abri dans la neige. Je
m'enveloppai là de sacs postaux et, quarante-
huit heures durant, j'attendis.

« Après quoi, la tempête apaisée, je me mis
en marche. Je marchai cinq jours et quatre
nuits. »

Mais que restait-il de toi, Guillaumet? Nous
te retrouvions bien, mais calciné, mais racorni,
mais rapetissé comme une vieille! Le soir même,
en avion, je te ramenais à Mendoza où des draps
blancs coulaient sur toi comme un baume.
Mais ils ne te guérissaient pas. Tu étais encom-
bré de ce corps courbatu, que tu tournais et
retournais, sans parvenir à le loger dans le
sommeil. Ton corps n'oubliait pas les rochers
ni les neiges. Ils te marquaient. J'observais ton
visage noir, tuméfié, semblable à un fruit blet
qui a reçu des coups. Tu étais très laid, et
misérable, ayant perdu l'usage des beaux outils
de ton travail : tes mains demeuraient gourdes,
et quand, pour respirer, tu t'asseyais sur le bord
de ton lit, tes pieds gelés pendaient comme
deux poids morts. Tu n'avais même pas terminé

ton voyage, tu haletais encore, et, lorsque tu te
retournais contre l'oreiller, pour chercher la
paix, alors une procession d'images que tu ne
pouvais retenir, une procession qui s'impatien-
tait dans les coulisses, aussitôt se mettait en
branle sous ton crâne. Et elle défilait. Et tu
reprenais vingt fois le combat contre des ennemis qui ressuscitaient de leurs cendres.

Je te remplissais de tisanes :

« Bois, mon vieux!

— Ce qui m'a le plus étonné... tu sais... »

Boxeur vainqueur, mais marqué des grands
coups reçus, tu revivais ton étrange aventure.
Et tu t'en délivrais par bribes. Et je t'apercevais,
au cours de ton récit nocturne, marchant, sans
piolet, sans cordes, sans vivres, escaladant des
cols de quatre mille cinq cents mètres, ou pro-
gressant le long de parois verticales, saignant
des pieds, des genoux et des mains, par quarante degrés de froid. Vidé peu à peu de ton
sang, de tes forces, de ta raison, tu avançais
avec un entêtement de fourmi, revenant sur
tes pas pour contourner l'obstacle, te relevant
après les chutes, ou remontant celles des pentes
qui n'aboutissaient qu'à l'abîme, ne t'accordant

enfin aucun repos, car tu ne te serais pas relevé du lit de neige.

Et, en effet, quand tu glissais, tu devais te redresser vite, afin de n'être point changé en pierre. Le froid te pétrifiait de seconde en seconde, et, pour avoir goûté, après la chute, une minute de repos de trop, tu devais faire jouer, pour te relever, des muscles morts.

Tu résistais aux tentations. « Dans la neige, me disais-tu, on perd tout instinct de conservation. Après deux, trois, quatre jours de marche, on ne souhaite plus que le sommeil. Je le souhaitais. Mais je me disais : « Ma femme, si « elle croit que je vis, croit que je marche. Les « camarades croient que je marche. Ils ont tous « confiance en moi. Et je suis un salaud si je « ne marche pas. »

Et tu marchais, et, de la pointe du canif, tu entamais, chaque jour un peu plus, l'échancrure de tes souliers, pour que tes pieds qui gelaient et gonflaient, y pussent tenir.

Tu m'as fait cette étrange confidence :

« Dès le second jour, vois-tu, mon plus gros travail fut de m'empêcher de penser. Je souffrais trop, et ma situation était par trop désespérée. Pour avoir le courage de marcher, je ne devais

pas la considérer. Malheureusement, je contrô-
lais mal mon cerveau, il travaillait comme une
turbine. Mais je pouvais lui choisir encore ses
images. Je l'emballais sur un film, sur un livre.
Et le film ou le livre défilait en moi à toute
allure. Puis ça me ramenait à ma situation présente. Immanquablement. Alors je le lançais
sur d'autres souvenirs... »

Une fois cependant, ayant glissé, allongé à
plat ventre dans la neige, tu renonças à te relever. Tu étais semblable au boxeur qui, vidé
d'un coup de toute passion, entend les secondes
tomber une à une dans un univers étranger,
jusqu'à la dixième qui est sans appel.

« J'ai fait ce que j'ai pu et je n'ai point d'espoir, pourquoi m'obstiner dans ce martyre? »
Il te suffisait de fermer les yeux pour faire la
paix dans le monde. Pour effacer du monde les
rocs, les glaces et les neiges. A peine closes, ces
paupières miraculeuses, il n'était plus ni coups,
ni chutes, ni muscles déchirés, ni gel brûlant,
ni ce poids de la vie à traîner quand on va
comme un bœuf, et qu'elle se fait plus lourde
qu'un char. Déjà, tu le goûtais, ce froid devenu
poison, et qui, semblable à la morphine, t'em-
plissait maintenant de béatitude. Ta vie se réfu-

giait autour du cœur. Quelque chose de doux et de précieux se blotissait au centre de toi-même. Ta conscience peu à peu abandonnait les régions lointaines de ce corps qui, bête jusqu'alors gorgée de souffrances, participait déjà de l'indifférence du marbre.

Tes scrupules mêmes s'apaisaient. Nos appels ne t'atteignaient plus, ou, plus exactement, se changeaient pour toi en appels de rêve. Tu ré-pondais heureux par une marche de rêve, par de longues enjambées faciles, qui t'ouvraient sans efforts les délices des plaines. Avec quelle aisance tu glissais dans un monde devenu si tendre pour toi! Ton retour, Guillaumet, tu décidais, avare, de nous le refuser.

Les remords vinrent de l'arrière-fond de ta conscience. Au songe se mêlaient soudain des détails précis. « Je pensais à ma femme. Ma police d'assurance lui épargnerait la misère. Oui, mais l'assurance... »

Dans le cas d'une disparition, la mort légale est différée de quatre années. Ce détail t'appa-rut éclatant, effaçant les autres images. Or, tu étais étendu à plat ventre sur une forte pente de neige. Ton corps, l'été venu, roulerait avec cette boue vers une des mille crevasses des

Andes. Tu le savais. Mais tu savais aussi qu'un
rocher émergeait à cinquante mètres devant
toi : « J'ai pensé : « Si je me relève, je pour-
« rai peut-être l'atteindre. Et si je cale **mon**
« corps contre la pierre, l'été venu on le retrou-
« vera. »

Une fois debout, tu marchas deux nuits et
trois jours.

Mais tu ne pensais guère aller loin :

« Je devinai la fin à beaucoup de signes. Voici
l'un d'eux. J'étais contraint de faire halte toutes
les deux heures environ, pour fendre un peu
plus mon soulier, frictionner de neige mes
pieds qui gonflaient, ou simplement pour laisser reposer mon cœur. Mais vers les derniers
jours je perdais la mémoire. J'étais reparti
depuis longtemps déjà, lorsque la lumière se
faisait en moi : j'avais chaque fois oublié
quelque chose. La première fois, ce fut un gant,
et c'était grave par ce froid! Je l'avais déposé
devant moi et j'étais reparti sans le ramasser.
Ce fut ensuite ma montre. Puis mon canif. Puis
ma boussole. A chaque arrêt je m'appauvrissais...

« Ce qui sauve, c'est de faire un pas. Encore
un pas. C'est toujours le même pas que l'on
recommence... »

« Ce que j'ai fait, je le jure, jamais aucune
bête ne l'aurait fait. » Cette phrase, la plus
noble que je connaisse, cette phrase qui situe
l'homme, qui l'honore, qui rétablit les hiérar-
chies vraies, me revenait à la mémoire. Tu
t'endormais enfin, ta conscience était abolie,
mais de ce corps démantelé, fripé, brûlé, elle
allait renaître au réveil, et de nouveau le dominer.
Le corps, alors, n'est plus qu'un bon outil, le
corps n'est plus qu'un serviteur. Et, cet orgueil du
bon outil, tu savais l'exprimer aussi, Guillaumet :

« Privé de nourriture, tu t'imagines bien
qu'au troisième jour de marche... mon cœur,
ça n'allait plus très fort... Eh bien! le long
d'une pente verticale, sur laquelle je progressais,
suspendu au-dessus du vide, creusant des trous
pour loger mes poings, voilà que mon cœur
tombe en panne. Ça hésite, ça repart. Ça bat
de travers. Je sens que s'il hésite une seconde
de trop, je lâche. Je ne bouge plus et j'écoute
en moi. Jamais, tu m'entends? Jamais en avion
je ne me suis senti accroché d'aussi près à mon
moteur, que je ne me suis senti, pendant ces
quelques minutes-là, suspendu à mon cœur. Je
lui disais : « Allons, un effort! Tâche de battre

« encore... » Mais c'était un cœur de bonne
qualité! Il hésitait, puis repartait toujours... Si
tu savais combien j'étais fier de ce cœur! »

Dans la chambre de Mendoza où je te veil-
lais, tu t'endormais enfin d'un sommeil essoufflé.
Et je pensais : « Si on lui parlait de son courage,
Guillaumet hausserait les épaules. Mais on le
trahirait aussi en célébrant sa modestie. Il se
situe bien au-delà de cette qualité médiocre. S'il
hausse les épaules, c'est par sagesse. Il sait
qu'une fois pris dans l'événement, les hommes
ne s'en effraient plus. Seul l'inconnu épouvante
les hommes. Mais, pour quiconque l'affronte,
il n'est déjà plus l'inconnu. Surtout si on
l'observe avec cette gravité lucide. Le courage
de Guillaumet, avant tout, est un effet de sa
droiture. »

Sa véritable qualité n'est point là. Sa grandeur, c'est de se sentir responsable. Responsable
de lui, du courrier et des camarades qui
espèrent. Il tient dans ses mains leur peine ou
leur joie. Responsable de ce qui se bâtit de neuf,
là-bas, chez les vivants, à quoi il doit participer.
Responsable un peu du destin des hommes, dans
la mesure de son travail.

Il fait partie des êtres larges qui acceptent
de couvrir de larges horizons de leur feuillage.
Etre homme, c'est précisément être responsable.
C'est connaître la honte en face d'une misère
qui ne semblait pas dépendre de soi. C'est être
fier d'une victoire que les camarades ont rem-
portée. C'est sentir, en posant sa pierre, que
l'on contribue à bâtir le monde.

On veut confondre de tels hommes avec les
toréadors ou les joueurs. On vante leur mépris
de la mort. Mais je me moque bien du mépris
de la mort. S'il ne tire pas ses racines d'une res-
ponsabilité acceptée, il n'est que signe de pau-
vreté ou d'excès de jeunesse. J'ai connu un
suicidé jeune. Je ne sais plus quel chagrin
d'amour l'avait poussé à se tirer soigneusement
une balle dans le cœur. Je ne sais à quelle tentation littéraire il avait cédé en habillant ses
mains de gants blancs, mais je me souviens
d'avoir ressenti en face de cette triste parade
une impression non de noblesse mais de misère.
Ainsi, derrière ce visage aimable, sous ce crâne
d'homme, il n'y avait rien eu, rien. Sinon
l'image de quelque sotte petite fille semblable
à d'autres.

Face à cette destinée maigre, je me rappelais

une vraie mort d'homme. Celle d'un jardinier,
qui me disait : « Vous savez... parfois je suais
quand je bêchais. Mon rhumatisme me tirait
la jambe, et je pestais contre cet esclavage. Eh
bien, aujourd'hui, je voudrais bêcher, bêcher
dans la terre. Bêcher ça me paraît tellement
beau! On est tellement libre quand on bêche!
Et puis, qui va tailler aussi mes arbres? » Il
laissait une terre en friche. Il laissait une planète en friche. Il était lié d'amour à toutes les
terres et à tous les arbres de la terre. C'était lui
le généreux, le prodigue, le grand seigneur!
C'était lui, comme Guillaumet, l'homme courageux, quand il luttait au nom de sa Création,
contre la mort.

III

L'AVION

Qu'importe, Guillaumet, si tes journées et tes
nuits de travail s'écoulent à contrôler des
manomètres, à t'équiliber sur des gyroscopes,
à ausculter des souffles de moteurs, à t'épauler
contre quinze tonnes de métal : les problèmes
qui se posent à toi sont, en fin de compte, des
problèmes d'homme, et tu rejoins, d'emblée,
de plain-pied, la noblesse du montagnard. Aussi
bien qu'un poète, tu sais savourer l'annonce de
l'aube. Du fond de l'abîme des nuits difficiles,
tu as souhaité si souvent l'apparition de ce bouquet pâle, de cette clarté qui sourd, à l'est,
des terres noires. Cette fontaine miraculeuse,
quelquefois, devant toi, s'est dégelée avec len-
teur et t'a guéri quand tu croyais mourir.

L'usage d'un instrument savant n'a pas fait
de toi un technicien sec. Il me semble qu'ils
confondent but et moyen ceux qui s'effraient
par trop de nos progrès techniques. Quiconque
lutte dans l'unique espoir de biens matériels, en
effet, ne récolte rien qui vaille de vivre. Mais la
machine n'est pas un but. L'avion n'est pas un
but : c'est un outil. Un outil comme la charrue.

Si nous croyons que la machine abîme
l'homme c'est que, peut-être, nous manquons
un peu de recul pour juger les effets de transfor-
mations aussi rapides que celles que nous avons
subies. Que sont les cent années de l'histoire
de la machine en regard des deux cent mille
années de l'histoire de l'homme? C'est à peine
si nous nous installons dans ce paysage de mines
et de centrales électriques. C'est à peine si nous
commençons d'habiter cette maison nouvelle,
que nous n'avons même pas achevé de bâtir.
Tout a changé si vite autour de nous : rapports
humains, conditions de travail, coutumes. Notre
psychologie elle-même a été bousculée dans ses
bases les plus intimes. Les notions de sépara-
tion, d'absence, de distance, de retour, si les
mots sont demeurés les mêmes, ne contiennent
plus les mêmes réalités. Pour saisir le monde

aujourd'hui, nous usons d'un langage qui fut
établi pour le monde d'hier. Et la vie du passé
nous semble mieux répondre à notre nature,
pour la seule raison qu'elle répond mieux à
notre langage.

Chaque progrès nous a chassés un peu plus
loin hors d'habitudes que nous avions à peine
acquises, et nous sommes véritablement des
émigrants qui n'ont pas fondé encore leur
patrie.

Nous sommes tous de jeunes barbares que
nos jouets neufs émerveillent encore. Nos
courses d'avions n'ont point d'autre sens.
Celui-là monte plus haut, court plus vite. Nous
oublions pourquoi nous le faisons courir. La
course, provisoirement, l'emporte sur son objet.
Et il en est toujours de même. Pour le colo-
nial qui fonde un empire, le sens de la vie est
de conquérir. Le soldat méprise le colon. Mais
le but de cette conquête n'était-il pas l'établissement de ce colon? Ainsi dans l'exaltation
de nos progrès, nous avons fait servir les
hommes à l'établissement des voies ferrées, à
l'érection des usines, au forage de puits de
pétrole. Nous avions un peu oublié que nous
dressions ces constructions pour servir les

hommes. Notre morale fut, pendant la durée
de la conquête, une morale de soldats. Mais il
nous faut, maintenant, coloniser. Il nous faut
rendre vivante cette maison neuve qui n'a point
encore de visage. La vérité, pour l'un, fut de
bâtir, elle est, pour l'autre, d'habiter.

Notre maison se fera sans doute, peu à peu,
plus humaine. La machine elle-même, plus elle
se perfectionne, plus elle s'efface derrière son
rôle. Il semble que tout l'effort industriel de
l'homme, tous ses calculs, toutes ses nuits de
veille sur les épures, n'aboutissent, comme
signes visibles, qu'à la seule simplicité, comme
s'il fallait l'expérience de plusieurs générations
pour dégager peu à peu la courbe d'une colonne,
d'une carène, ou d'un fuselage d'avion, jusqu'à
leur rendre la pureté élémentaire de la courbe
d'un sein ou d'une épaule. Il semble que le
travail des ingénieurs, des dessinateurs, des
calculateurs du bureau d'études ne soit ainsi
en apparence, que de polir et d'effacer, d'allé-
ger ce raccord, d'équilibrer cette aile, jusqu'à
ce qu'on ne la remarque plus, jusqu'à ce qu'il
n'y ait plus une aile accrochée à un fuselage,
mais une forme parfaitement épanouie, enfin

dégagée de sa gangue, une sorte d'ensemble spontané, mystérieusement lié, et de la même qualité que celle du poème. Il semble que la perfection soit atteinte non quand il n'y a plus rien à ajouter, mais quand il n'y a plus rien à retrancher. Au terme de son évolution, la machine se dissimule.

La perfection de l'invention confine ainsi à l'absence d'invention. Et, de même que, dans l'instrument, toute mécanique apparente s'est peu à peu effacée, et qu'il nous est livré un objet aussi naturel qu'un galet poli par la mer, il est également admirable que, dans son usage même, la machine peu à peu se fasse oublier.

Nous étions autrefois en contact avec une usine compliquée. Mais aujourd'hui nous oublions qu'un moteur tourne. Il répond enfin à sa fonction, qui est de tourner, comme un cœur bat, et nous ne prêtons point, non plus, attention à notre cœur. Cette attention n'est plus absorbée par l'outil. Au-delà de l'outil, et à travers lui, c'est la vieille nature que nous retrouvons, celle du jardinier, du navigateur, ou du poète.

C'est avec l'eau, c'est avec l'air que le pilote qui décolle entre en contact. Lorsque les moteurs sont lancés, lorsque l'appareil déjà creuse la mer, contre un clapotis dur la coque sonne comme un gong, et l'homme peut suivre ce travail à l'ébranlement de ses reins. Il sent l'hydravion, seconde par seconde, à mesure qu'il gagne sa vitesse, se charger de pouvoir. Il sent se préparer dans ces quinze tonnes de matières, cette maturité qui permet le vol. Le pilote ferme les mains sur les commandes et, peu à peu, dans ses paumes creuses, il reçoit ce pouvoir comme un don. Les organes de métal des commandes, à mesure que ce don lui est accordé, se font les messagers de sa puissance. Quand elle est mûre, d'un mouvement plus souple que celui de cueillir, le pilote sépare l'avion d'avec les eaux, et l'établit dans les airs.

IV

L'AVION ET LA PLANÈTE

I

L'AVION est une machine sans doute, mais quel instrument d'analyse! Cet instrument nous a fait découvrir le vrai visage de la terre. Les routes, en effet, durant des siècles, nous ont trompés. Nous ressemblions à cette souveraine qui désira visiter ses sujets et connaître s'ils se réjouissaient de son règne. Ses courtisans, afin de l'abuser, dressèrent sur son chemin quelques heureux décors et payèrent des figurants pour y danser. Hors du mince fil conducteur, elle n'entrevit rien de son royaume, et ne sut point qu'au large des campagnes ceux qui mouraient de faim la maudissaient.

Ainsi, cheminions-nous le long des routes sinueuses. Elles évitent les terres stériles, les rocs, les sables, elles épousent les besoins de l'homme et vont de fontaine en fontaine. Elles conduisent les campagnards de leurs granges aux terres à blé, reçoivent au seuil des étables le bétail encore endormi et le versent, dans l'aube, aux luzernes. Elles joignent ce village à cet autre village, car de l'un à l'autre on se marie. Et si même l'une d'elles s'aventure à franchir un désert, la voilà qui fait vingt détours pour se réjouir des oasis.

Ainsi trompés par leurs inflexions comme par autant d'indulgents mensonges, ayant longé, au cours de nos voyages, tant de terres bien arrosées, tant de vergers, tant de prairies, nous avons longtemps embelli l'image de notre prison. Cette planète, nous l'avons crue humide et tendre.

Mais notre vue s'est aiguisée, et nous avons fait un progrès cruel. Avec l'avion, nous avons appris la ligne droite. A peine avons-nous décollé nous lâchons ces chemins qui s'inclinent vers les abreuvoirs et les étables, ou serpentent de ville en ville. Affranchis désormais des servitudes bien-aimées, délivrés du besoin

des fontaines, nous mettons le cap sur nos buts
lointains. Alors seulement, du haut de nos tra-
jectoires rectilignes, nous découvrons le sou-
bassement essentiel, l'assise de rocs, de sable,
et de sel, où la vie, quelquefois, comme un peu
de mousse au creux des ruines, ici et là se
hasarde à fleurir.

Nous voilà donc changés en physiciens, en
biologistes, examinant ces civilisations qui
ornent des fonds de vallées, et, parfois, par
miracle, s'épanouissent comme des parcs là où
le climat les favorise. Nous voilà donc jugeant
l'homme à l'échelle cosmique, l'observant à
travers nos hublots, comme à travers des instruments d'étude. Nous voilà relisant notre histoire.

II

Le pilote qui se dirige vers le détroit de
Magellan, survole un peu au sud de Rio Gal-
legos une ancienne coulée de lave. Ces décombres pèsent sur la plaine de leurs vingt

mètres d'épaisseur. Puis, il rencontre une seconde coulée, une troisième, et désormais
chaque bosse du sol, chaque mamelon de deux
cents mètres, porte au flanc son cratère. Point
d'orgueilleux Vésuve : posées à même la plaine,
des gueules d'obusiers.

Mais aujourd'hui le calme s'est fait. On le
subit avec surprise dans ce paysage désaffecté,
où mille volcans se répondaient l'un l'autre, de
leurs grandes orgues souterraines, quand ils
crachaient leur feu. Et l'on survole une terre
désormais muette, ornée de glaciers noirs.

Mais, plus loin, des volcans plus anciens sont
habillés déjà d'un gazon d'or. Un arbre parfois
pousse dans leur creux comme une fleur dans
un vieux pot. Sous une lumière couleur de fin
de jour, la plaine se fait luxueuse comme un
parc, civilisée par l'herbe courte, et ne se
bombe plus qu'à peine autour de ses gosiers
géants. Un lièvre détale, un oiseau s'envole, la
vie a pris possession d'une planète neuve, où
la bonne pâte de la terre s'est enfin déposée sur
l'astre.

Enfin, un peu avant Punta Arenas, les derniers cratères se comblent. Une pelouse unie
épouse les courbes des volcans : ils ne sont plus

désormais que douceur. Chaque fissure est re-
cousue par ce lin tendre. La terre est lisse, les
pentes sont faibles, et l'on oublie leur origine.
Cette pelouse efface, du flanc des collines, le
signe sombre.

Et voici la ville la plus sud du monde, permise par le hasard d'un peu de boue, entre les
laves originelles et les glaces australes. Si près
des coulées noires, comme on sent bien le
miracle de l'homme! L'étrange rencontre! On
ne sait comment, on ne sait pourquoi ce passager visite ces jardins préparés, habitables
pour un temps si court, une époque géologique,
un jour béni parmi les jours.

J'ai atterri dans la douceur du soir. Punta
Arenas! Je m'adosse contre une fontaine et
regarde les jeunes filles. A deux pas de leur
grâce, je sens mieux encore le mystère humain.
Dans un monde où la vie rejoint si bien la
vie, où les fleurs dans le lit même du vent se
mêlent aux fleurs, où le cygne connaît tous les
cygnes, les hommes seuls bâtissent leur solitude.

Quel espace réserve entre eux leur part spiri-
tuelle! Un songe de jeune fille l'isole de moi,
comment l'y joindre? Que connaître d'une jeune

fille qui rentre chez elle à pas lents, les yeux
baissés et se souriant à elle-même, et déjà pleine
d'inventions et de mensonges adorables? Elle
a pu, des pensées, de la voix et des silences d'un
amant, se former un Royaume, et dès lors il
n'est plus pour elle, en dehors de lui, que des
barbares. Mieux que dans une autre planète,
je la sens enfermée dans son secret, dans ses
coutumes, dans les échos chantants de sa
mémoire. Née hier de volcans, de pelouses ou
de la saumure des mers, la voici déjà à demi
divine.

Punta Arenas! Je m'adosse contre une fontaine. Des vieilles viennent y puiser; de leur
drame je ne connaîtrai que ce mouvement de
servantes. Un enfant, la nuque au mur, pleure
en silence; il ne subsistera de lui, dans mon
souvenir, qu'un bel enfant à jamais inconsolable.
Je suis un étranger. Je ne sais rien. Je n'entre
pas dans leurs Empires.

Dans quel mince décor se joue ce vaste jeu
des haines, des amitiés, des joies humaines!
D'où les hommes tirent-ils ce goût d'éternité,
hasardés comme ils sont sur une lave encore
tiède, et déjà menacés par les sables futurs,

menacés par les neiges? Leurs civilisations ne
sont que fragiles dorures : un volcan les efface,
une mer nouvelle, un vent de sable.

Cette ville semble reposer sur un vrai sol que
l'on croit riche en profondeur comme une
terre de Beauce. On oublie que la vie, ici comme
ailleurs, est un luxe, et qu'il n'est nulle part de
terre bien profonde sous le pas des hommes.
Mais je connais, à dix kilomètres de Punta
Arenas, un étang qui nous le démontre. Cerné
d'arbres rabougris et de maisons basses, humble
comme une mare dans une cour de ferme, il
subit inexplicablement les marées. Poursuivant
nuit et jour sa lente respiration parmi tant de
réalités paisibles, ces roseaux, ces enfants qui
jouent, il obéit à d'autres lois. Sous la surface
unie, sous la glace immobile, sous l'unique
barque délabrée, l'énergie de la lune opère.
Des remous marins travaillent, dans ses profondeurs, cette masse noire. D'étranges digestions
se poursuivent, là autour et jusqu'au détroit
de Magellan, sous la couche légère d'herbe et
de fleurs. Cette mare de cent mètres de large,
au seuil d'une ville où l'on se croit chez soi,
bien établi sur la terre des hommes, bat du
pouls de la mer.

III

Nous habitons une planète errante. De temps
à autre, grâce à l'avion elle nous montre son
origine : une mare en relation avec la lune
révèle des parentés cachées — mais j'en ai connu
d'autres signes.

On survole de loin en loin, sur la côte du
Sahara entre Cap Juby et Cisneros, des plateaux
en forme de troncs de cône dont la largeur
varie de quelques centaines de pas à une trentaine de kilomètres. Leur altitude, remarqua-
blement uniforme, est de trois cents mètres.
Mais, outre cette égalité de niveau, ils pré-
sentent les mêmes teintes, le même grain de
leur sol, le même modelé de leur falaise. De
même que les colonnes d'un temple, émergeant
seules du sable, montrent encore les vestiges de
la table qui s'est éboulée, ainsi ces piliers solitaires témoignent d'un vaste plateau qui les
unissait autrefois.

Au cours des premières années de la ligne

Casablanca-Dakar, à l'époque où le matériel était fragile, les pannes, les recherches et les sauvetages nous ont contraints d'atterrir souvent en dissidence. Or, le sable est trompeur : on le croit ferme et l'on s'enlise. Quant aux anciennes salines qui semblent présenter la rigidité de l'asphalte, et sonnent dur sous le talon, elles cèdent parfois sous le poids des roues. La blanche croûte de sel crève, alors, sur la puanteur d'un marais noir. Aussi choisissions-nous, quand les circonstances le permettaient, les surfaces lisses de ces plateaux : elles ne dissimulaient jamais de pièges.

Cette garantie était due à la présence d'un sable résistant, aux grains lourds, amas énorme de minuscules coquillages. Intacts encore à la surface du plateau, on les découvrait qui se fragmentaient et s'aggloméraient, à mesure que l'on descendait le long d'une arête. Dans le dépôt le plus ancien, à la base du massif, ils constituaient déjà du calcaire pur.

Or, à l'époque de la captivité de Reine et Serre, camarades dont les dissidents s'étaient emparés, il se trouva qu'ayant atterri sur l'un de ces refuges, afin de déposer un messager maure, je cherchai avec lui, avant de le quitter,

s'il était un chemin par où il pût descendre.
Mais notre terrasse aboutissait, dans toutes les
directions, à une falaise qui croulait, à la verticale, dans l'abîme, avec des plis de draperie.
Toute évasion était impossible.

Et cependant, avant de décoller pour chercher
ailleurs un autre terrain, je m'attardai ici.
J'éprouvais une joie peut-être puérile à mar-
quer de mes pas un territoire que nul jamais
encore, bête ou homme, n'avait souillé. Aucun
Maure n'eût pu se lancer à l'assaut de ce château fort. Aucun Européen, jamais, n'avait
exploré ce territoire. J'arpentais un sable infiniment vierge. J'étais le premier à faire ruisseler,
d'une main dans l'autre, comme un or précieux,
cette poussière de coquillages. Le premier à
troubler ce silence. Sur cette sorte de banquise
polaire qui, de toute éternité, n'avait pas formé
un seul brin d'herbe, j'étais, comme une
semence apportée par les vents, le premier
témoignage de la vie.

Une étoile luisait déjà et je la contemplai. Je
songeai que cette surface blanche était restée
offerte aux astres seuls depuis des centaines de
milliers d'années. Nappe tendue immaculée
sous le ciel pur. Et je reçus un coup au cœur,

ainsi qu'au seuil d'une grande découverte, quand je découvris sur cette nappe, à quinze ou vingt mètres de moi, un caillou noir.

Je reposais sur trois cents mètres d'épaisseur de coquillages. L'assise énorme, tout entière, s'opposait, comme une preuve péremptoire, à la présence de toute pierre. Des silex dormaient peut-être dans les profondeurs souterraines, issus des lentes digestions du globe, mais quel miracle eût fait remonter l'un d'entre eux jusqu'à cette surface trop neuve? Le cœur battant, je ramassai donc ma trouvaille : un caillou dur, noir, de la taille du poing, lourd comme du métal, et coulé en forme de larme.

Une nappe tendue sous un pommier ne peut recevoir que des pommes, une nappe tendue sous les étoiles ne peut recevoir que des poussières d'astres; jamais aucun aérolithe n'avait montré avec une telle évidence son origine.

Et, tout naturellement, en levant la tête, je pensai que, du haut de ce pommier céleste, devaient avoir chu d'autres fruits. Je les retrouverais au point même de leur chute, puisque, depuis des centaines de milliers d'années, rien n'avait pu les déranger. Puisqu'ils ne se confon-

draient point avec d'autres matériaux. Et, aussitôt, je m'en fus en exploration pour vérifier
mon hypothèse.

Elle se vérifia. Je collectionnai mes trouvailles
à la cadence d'une pierre environ par hectare.
Toujours cet aspect de lave pétrie. Toujours
cette dureté de diamant noir. Et j'assistai ainsi,
dans un raccourci saisissant, du haut de mon
pluviomètre à étoiles, à cette lente averse de
feu.

IV

Mais le plus merveilleux était qu'il y eût là,
debout sur le dos rond de la planète, entre ce
linge aimanté et ces étoiles, une conscience
d'homme dans laquelle cette pluie pût se ré-
fléchir comme dans un miroir. Sur une assise de
minéraux un songe est un miracle. Et je me
souviens d'un songe...

Echoué ainsi une autre fois dans une région
de sable épais, j'attendais l'aube. Les collines
d'or offraient à la lune leur versant lumineux, et
des versants d'ombre montaient jusqu'aux

lignes de partage de la lumière. Sur ce chantier
désert d'ombre et de lune, régnait une paix de
travail suspendu, et aussi un silence de piège,
au cœur duquel je m'endormis.

Quand je me réveillai, je ne vis rien que le
bassin du ciel nocturne, car j'étais allongé sur
une crête, les bras en croix et face à ce vivier
d'étoiles. N'ayant pas compris encore quelles
étaient ces profondeurs, je fus pris de vertige,
faute d'une racine à quoi me retenir, faute d'un
toit, d'une branche d'arbre entre ces profondeurs et moi, déjà délié, livré à la chute comme
un plongeur.

Mais je ne tombai point. De la nuque aux ta-
lons, je me découvrais noué à la terre. J'éprouvais une sorte d'apaisement à lui abandonner
mon poids. La gravitation m'apparaissait souveraine comme l'amour.

Je sentais la terre étayer mes reins, me sou-
tenir, me soulever, me transporter dans l'espace
nocturne. Je me découvrais appliqué à l'astre,
par une pesée semblable à cette pesée des
virages qui vous appliquent au char, je goûtais
cet épaulement admirable, cette solidité, cette
sécurité, et je devinais, sous mon corps, ce pont
courbe de mon navire.

J'avais si bien conscience d'être emporté, que j'eusse entendu sans surprise monter du fond des terres, la plainte des matériaux qui se réajustent dans l'effort, ce gémissement des vieux voiliers qui prennent leur gîte, ce long cri aigre que font les péniches contrariées. Mais le silence durait dans l'épaisseur des terres. Mais cette pesée se révélait, dans mes épaules, harmonieuse, soutenue, égale pour l'éternité. J'habitais bien cette patrie, comme les corps des galériens morts, lestés de plomb, le fond des mers.

Et je méditai sur ma condition, perdu dans le désert et menacé, nu entre le sable et les étoiles, éloigné des pôles de ma vie par trop de silence. Car je savais que j'userais, à les rejoindre, des jours, des semaines, des mois, si nul avion ne me retrouvait, si les Maures, demain, ne me massacraient pas. Ici, je ne possédais plus rien au monde. Je n'étais rien qu'un mortel égaré entre du sable et des étoiles, conscient de la seule douceur de respirer...

Et cependant, je me découvris plein de songes.

Ils me vinrent sans bruit, comme des eaux de source, et je ne compris pas, tout d'abord, la douceur qui m'envahissait. Il n'y eut point de voix, ni d'images, mais le sentiment d'une présence, d'une amitié très proche et déjà à demi devinée. Puis, je compris et m'abandonnai, les yeux fermés, aux enchantements de ma mémoire.

Il était, quelque part, un parc chargé de sapins noirs et de tilleuls, et une vieille maison que j'aimais. Peu importait qu'elle fût éloignée ou proche, qu'elle ne pût ni me réchauffer dans ma chair ni m'abriter, réduite ici au rôle de songe : il suffisait qu'elle existât pour remplir ma nuit de sa présence. Je n'étais plus ce corps échoué sur une grève, je m'orientais, j'étais l'enfant de cette maison, plein du souvenir de ses odeurs, plein de la fraîcheur de ses vestibules, plein des voix qui l'avaient animée. Et jusqu'au chant des grenouilles dans les mares qui venait ici me rejoindre. J'avais besoin de ces mille repères pour me reconnaître moi-même, pour découvrir de quelles absences était fait le goût de ce désert, pour trouver un sens à ce silence fait de mille silences, où les grenouilles mêmes se taisaient.

Non, je ne logeais plus entre le sable et les étoiles. Je ne recevais plus du décor qu'un message froid. Et ce goût même d'éternité que

j'avais cru tenir de lui, j'en découvrais maintenant l'origine. Je revoyais les grandes ar-
moires solennelles de la maison. Elles s'entrouvraient sur des piles de draps blancs comme
neige. Elles s'entrouvraient sur des provisions
glacées de neige. La vieille gouvernante trot-
tait comme un rat de l'une à l'autre, toujours
vérifiant, dépliant, repliant, recomptant le linge
blanchi, s'écriant : « Ah! mon Dieu, quel malheur », à chaque signe d'une usure qui mena-
çait l'éternité de la maison, aussitôt courant se
brûler les yeux sous quelque lampe, à réparer
la trame de ces nappes d'autel, à ravauder ces
voiles de trois-mâts, à servir je ne sais quoi de
plus grand qu'elle, un Dieu ou un navire.

Ah! je te dois bien une page. Quand je rentrais de mes premiers voyages, mademoiselle,
je te retrouvais l'aiguille à la main, noyée jusqu'aux genoux dans tes surplis blancs, et chaque
année un peu plus ridée, un peu plus blan-
chie, préparant toujours de tes mains ces draps
sans plis pour nos sommeils, ces nappes sans
coutures pour nos dîners, ces fêtes de cristaux
et de lumière. Je te visitais dans ta lingerie, je
m'asseyais en face de toi, je te racontais mes
périls de mort pour t'émouvoir, pour t'ouvrir

les yeux sur le monde, pour te corrompre. Je
n'avais guère changé, disais-tu. Enfant, je trouais
déjà mes chemises. — Ah! quel malheur! — et
je m'écorchais aux genoux; puis je revenais à la
maison pour me faire panser, comme ce soir.
Mais non, mais non, mademoiselle! ce n'était
plus du fond du parc que je rentrais, mais du
bout du monde, et je ramenais avec moi l'odeur
âcre des solitudes, le tourbillon des vents de
sable, les lunes éclatantes des tropiques! Bien
sûr, me disais-tu, les garçons courent, se rompent
les os, et se croient très forts. Mais non, mais
non, mademoiselle, j'ai vu plus loin que ce parc!
Si tu savais comme ces ombrages sont peu de
chose! Qu'ils semblent bien perdus parmi les
sables, les granits, les forêts vierges, les marais
de la terre. Sais-tu seulement qu'il est des territoires où les hommes, s'ils vous rencontrent,
épaulent aussitôt leur carabine? Sais-tu même
qu'il est des déserts où l'on dort, dans la nuit
glacée, sans toit, mademoiselle, sans lit, sans
draps...

« Ah! barbare », disais-tu.

Je n'entamais pas mieux sa foi que je n eusse
entamé la foi d'une servante d'église. Et je

plaignais son humble destinée qui la faisait aveugle et sourde...

Mais cette nuit, dans le Sahara, nu entre le sable et les étoiles, je lui rendis justice.

Je ne sais pas ce qui se passe en moi. Cette pesanteur me lie au sol quand tant d'étoiles sont aimantées. Une autre pesanteur me ramène à moi-même. Je sens mon poids qui me tire vers tant de choses! Mes songes sont plus réels que ces dunes, que cette lune, que ces présences. Ah! le merveilleux d'une maison n'est point qu'elle vous abrite ou vous réchauffe, ni qu'on en possède les murs. Mais bien qu'elle ait lentement déposé en nous ces provisions de douceur. Qu'elle forme, dans le fond du cœur, ce massif obscur dont naissent, comme des eaux de source, les songes...

Mon Sahara, mon Sahara, te voilà tout entier enchanté par une fileuse de laine!

V

OASIS

Je vous ai tant parlé du désert qu'avant d'en
parler encore, j'aimerais décrire une oasis. Celle
dont me revient l'image n'est point perdue au
fond du Sahara. Mais un autre miracle de l'avion
est qu'il vous plonge directement au cœur du
mystère. Vous étiez ce biologiste étudiant, derrière le hublot, la fourmilière humaine, vous
considériez d'un cœur sec ces villes assises dans
leur plaine, au centre de leurs routes qui
s'ouvrent en étoile, et les nourrissent, ainsi que
des artères, du suc des champs. Mais une aiguille
a tremblé sur un manomètre, et cette touffe
verte, là en bas, est devenue un univers. Vous
êtes prisonnier d'une pelouse dans un parc
endormi.

Ce n'est pas la distance qui mesure l'éloignement. Le mur d'un jardin de chez nous peut enfermer plus de secrets que le mur de Chine, et l'âme d'une petite fille est mieux protégée par le silence que ne le sont, par l'épaisseur des sables, les oasis sahariennes.

Je raconterai une courte escale quelque part dans le monde. C'était près de Concordia, en Argentine, mais c'eût pu être partout ailleurs : le mystère est ainsi répandu.

J'avais atterri dans un champ, et je ne savais point que j'allais vivre un conte de fées. Cette vieille Ford dans laquelle je roulais n'offrait rien de particulier, ni ce ménage paisible qui m'avait recueilli.

« Nous vous logerons pour la nuit... »

Mais à un tournant de la route, se développa, au clair de lune, un bouquet d'arbres et, derrière ces arbres, cette maison. Quelle étrange maison! Trapue, massive, presque une citadelle. Château de légende qui offrait, dès le porche franchi, un abri aussi paisible, aussi sûr, aussi protégé qu'un monastère.

Alors apparurent deux jeunes filles. Elles me dévisagèrent gravement, comme deux juges postés au seuil d'un royaume interdit : la plus

jeune fit une moue et tapota le sol d'une
baguette de bois vert, puis, les présentations
faites, elles me tendirent la main sans un mot,
avec un air de curieux défi, et disparurent.

J'étais amusé et charmé aussi. Tout cela était
simple, silencieux et furtif comme le premier
mot d'un secret.

« Eh! Eh! Elles sont sauvages », dit simplement le père.

Et nous entrâmes.

J'aimais, au Paraguay, cette herbe ironique
qui montre le nez entre les pavés de la capitale,
qui, de la part de la forêt vierge invisible, mais
présente, vient voir si les hommes tiennent toujours la ville, si l'heure n'est pas venue de bous-
culer un peu toutes ces pierres. J'aimais cette
forme de délabrement qui n'exprime qu'une
trop grande richesse. Mais ici je fus émerveillé.

Car tout y était délabré, et adorablement, à
la façon d'un vieil arbre couvert de mousse que
l'âge a un peu craquelé, à la façon du banc de
bois où les amoureux vont s'asseoir depuis une
dizaine de générations. Les boiseries étaient
usées, les vantaux rongés, les chaises bancales.
Mais si l'on ne réparait rien, on nettoyait ici,
avec ferveur. Tout était propre. ciré, brillant.

Le salon en prenait un visage d'une intensité
extraordinaire comme celui d'une vieille qui
porte des rides. Craquelures des murs, déchi-
rures du plafond, j'admirais tout, et, par-dessus
tout, ce parquet effondré ici, branlant là, comme
une passerelle, mais toujours astiqué, verni,
lustré. Curieuse maison, elle n'évoquait aucune
négligence, aucun laisser-aller, mais un extraordinaire respect. Chaque année ajoutait, sans
doute, quelque chose à son charme, à la com-
plexité de son visage, à la ferveur de son atmosphère amicale, comme d'ailleurs aux dangers
du voyage qu'il fallait entreprendre pour passer
du salon à la salle à manger.

« Attention! »

C'était un trou. On me fit remarquer que
dans un trou pareil je me fusse aisément rompu
les jambes. Ce trou, personne n'en était responsable : c'était l'œuvre du temps. Il avait une
allure très grand seigneur, ce souverain mépris
pour toute excuse. On ne me disait pas : « Nous
pourrions boucher tous ces trous, nous sommes riches, mais... » On ne me disait pas non
plus — ce qui était pourtant la vérité : « Nous
louons ça à la ville pour trente ans. C'est à elle
de réparer. Chacun s'entête... » On dédaignait

les explications, et tant d'aisance m'enchantait.
Tout au plus me fit-on remarquer :

« Eh! Eh! c'est un peu délabré... »

Mais cela d'un ton si léger que je soupçonnais mes amis de ne point trop s'en attrister.
Voyez-vous une équipe de maçons, de charpen-
tiers, d'ébénistes, de plâtriers étaler dans un tel
passé leur outillage sacrilège, et vous refaire
dans les huit jours une maison que vous n'aurez jamais connue, où vous vous croirez en
visite? Une maison sans mystères, sans recoins,
sans trappes sous les pieds, sans oubliettes —
une sorte de salon d'hôtel de ville?

C'était tout naturellement qu'avaient disparu
les jeunes filles dans cette maison à escamotages.
Que devaient être les greniers, quand le salon
déjà contenait les richesses d'un grenier! Quand
on y devinait déjà que, du moindre placard
entrouvert, crouleraient des liasses de lettres
jaunes, des quittances de l'arrière-grand-père,
plus de clefs qu'il n'existe de serrures dans la
maison, et dont naturellement aucune ne s'adap-
terait à aucune serrure. Clefs merveilleusement
inutiles, qui confondent la raison, et qui font
rêver à des souterrains, à des coffrets enfouis,
à des louis d'or.

« Passons à table, voulez-vous? »

Nous passions à table. Je respirais d'une pièce à l'autre, répandue comme un encens, cette odeur de vieille bibliothèque qui vaut tous les parfums du monde. Et surtout j'aimais le transport des lampes. De vraies lampes lourdes, que l'on charriait d'une pièce à l'autre, comme aux temps les plus profonds de mon enfance, et qui remuaient aux murs des ombres merveilleuses. On soulevait en elles des bouquets de lumière et de palmes noires. Puis, une fois les lampes bien en place, s'immobilisaient les plages de clarté, et ces vastes réserves de nuit tout autour, où craquaient les bois.

Les deux jeunes filles réapparurent aussi mystérieusement, aussi silencieusement qu'elles s'étaient évanouies. Elles s'assirent à table avec gravité. Elles avaient sans doute nourri leurs chiens, leurs oiseaux, ouvert leurs fenêtres à la nuit claire, et goûté dans le vent du soir l'odeur des plantes. Maintenant, dépliant leur serviette, elles me surveillaient du coin de l'œil, avec prudence, se demandant si elles me rangeraient ou non au nombre de leurs animaux familiers. Car elles possédaient aussi un iguane, une mangouste, un renard, un singe et des abeilles.

Tout cela vivant pêle-mêle, s'entendant à merveille, composant un nouveau paradis terrestre. Elles régnaient sur tous les animaux de la création, les charmant de leurs petites mains, les nourrissant, les abreuvant, et leur racontant des histoires que, de la mangouste aux abeilles, ils écoutaient.

Et je m'attendais bien à voir deux jeunes filles si vives mettre tout leur esprit critique, toute leur finesse, à porter sur leur vis-à-vis masculin, un jugement rapide, secret et définitif. Dans mon enfance, mes sœurs attribuaient ainsi des notes aux invités qui, pour la première fois, honoraient notre table. Et, lorsque la conversation tombait, on entendait soudain, dans le silence, retentir un : « Onze! » dont personne, sauf mes sœurs et moi, ne goûtait le charme.

Mon expérience de ce jeu me troublait un peu. Et j'étais d'autant plus gêné de sentir mes juges si avertis. Juges qui savaient distinguer les bêtes qui trichent des bêtes naïves, qui savaient lire au pas de leur renard s'il était ou non d'humeur abordable, qui possédaient une aussi profonde connaissance des mouvements intérieurs.

J'aimais ces yeux si aiguisés et ces petites

âmes si droites, mais j'aurais tellement préféré
qu'elles changeassent de jeu. Bassement pourtant et par peur du « onze » je leur tendais le
sel, je leur versais le vin, mais je retrouvais,
en levant les yeux, leur douce gravité de juges
que l'on n'achète pas.

La flatterie même eût été vaine : elles igno-
raient la vanité. La vanité, mais non le bel
orgueil, et pensaient d'elles, sans mon aide,
plus de bien que je n'en aurais osé dire. Je ne
songeais même pas à tirer prestige de mon
métier, car il est autrement audacieux de se
hisser jusqu'aux dernières branches d'un platane
et cela, simplement, pour contrôler si la nichée
d'oiseaux prend bien ses plumes, pour dire
bonjour aux amis.

Et mes deux fées silencieuses surveillaient
toujours si bien mon repas, je rencontrais si
souvent leur regard furtif, que j'en cessai de
parler. Il se fit un silence et pendant ce silence
quelque chose siffla légèrement sur le parquet,
bruissa sous la table, puis se tut. Je levai des
yeux intrigués. Alors, sans doute satisfaite de
son examen, mais usant de la dernière pierre
de touche, et mordant dans son pain de ses
jeunes dents sauvages, la cadette m'expliqua

simplement, avec une candeur dont elle espérait bien, d'ailleurs, stupéfier le barbare, si toutefois j'en étais un :

« C'est les vipères. »

Et se tut, satisfaite, comme si l'explication eût dû suffire à quiconque n'était pas trop sot. Sa sœur glissa un coup d'œil en éclair pour juger mon premier mouvement, et toutes deux penchèrent vers leur assiette le visage le plus doux et le plus ingénu du monde.

« Ah!... C'est les vipères... »

Naturellement ces mots m'échappèrent. Ça avait glissé dans mes jambes, ça avait frôlé mes mollets, et c'étaient des vipères...

Heureusement pour moi je souris. Et sans contrainte : elles l'eussent senti. Je souris parce que j'étais joyeux, parce que cette maison, décidément, à chaque minute me plaisait plus; et parce que aussi j'éprouvais le désir d'en savoir plus long sur les vipères. L'aînée me vint en aide :

« Elles ont leur nid dans un trou, sous la table.

— Vers dix heures du soir elles rentrent, ajouta la sœur. Le jour, elles chassent. »

A mon tour, à la dérobée, je regardai ces

jeunes filles. Leur finesse, leur rire silencieux
derrière le paisible visage. Et j'admirais cette
royauté qu'elles exerçaient...

Aujourd'hui, je rêve. Tout cela est bien lointain. Que sont devenues ces deux fées? Sans
doute se sont-elles mariées. Mais alors ont-elles
changé? Il est si grave de passer de l'état de jeune
fille à l'état de femme. Que font-elles dans une
maison neuve? Que sont devenues leurs relations avec les herbes folles et les serpents? Elles
étaient mêlées à quelque chose d'universel.
Mais un jour vient où la femme s'éveille dans
la jeune fille. On rêve de décerner enfin un
dix-neuf. Un dix-neuf pèse au fond du cœur.
Alors un imbécile se présente. Pour la première
fois des yeux si aiguisés se trompent et l'éclairent
de belles couleurs. L'imbécile, s'il dit des vers,
on le croit poète. On croit qu'il comprend les
parquets troués, on croit qu'il aime les mangoustes. On croit que cette confiance le flatte,
d'une vipère qui se dandine, sous la table, entre
ses jambes. On lui donne son cœur qui est un
jardin sauvage, à lui qui n'aime que les parcs
soignés. Et l'imbécile emmène la princesse en
esclavage.

VI

DANS LE DÉSERT

I

De telles douceurs nous étaient interdites quand, pour des semaines, des mois, des années, nous étions, pilotes de ligne du Sahara, prisonniers des sables, naviguant d'un fortin à l'autre, sans revenir. Ce désert n'offrait point d'oasis semblable : jardins et jeunes filles, quelles légendes! Bien sûr, très loin, là où notre travail une fois achevé nous pourrions revivre, mille jeunes filles nous attendaient. Bien sûr, là-bas, parmi leurs mangoustes ou leurs livres, elles se composaient avec patience des âmes savoureuses. Bien sûr, elles embellissaient...

Mais je connais la solitude. Trois années de

désert m'en ont bien enseigné le goût. On ne s'y
effraie point d'une jeunesse qui s'use dans un
paysage minéral, mais il y apparaît que, loin de
soi, c'est le monde entier qui vieillit. Les arbres
ont formé leurs fruits, les terres ont sorti leur
blé, les femmes déjà sont belles. Mais la saison
avance, il faudrait se hâter de rentrer... Mais
la saison avance et l'on est retenu au loin... Et
les biens de la terre glissent entre les doigts
comme le sable fin des dunes.

L'écoulement du temps, d'ordinaire, n'est pas
ressenti par les hommes. Ils vivent dans une
paix provisoire. Mais voici que nous l'éprou-
vions, une fois l'escale gagnée, quand pesaient
sur nous ces vents alizés, toujours en marche.
Nous étions semblables à ce voyageur du rapide,
plein du bruit des essieux qui battent dans la
nuit, et qui devine, aux poignées de lumière
qui, derrière la vitre, sont dilapidées, le ruisselle-
ment des campagnes, de leurs villages, de leurs
domaines enchantés, dont il ne peut rien tenir
puisqu'il est en voyage. Nous aussi, animés
d'une fièvre légère, les oreilles sifflantes encore
du bruit du vol, nous nous sentions en route,
malgré le calme de l'escale. Nous nous décou-
vrions, nous aussi, emportés vers un avenir

ignoré, à travers la pensée des vents, par les battements de nos cœurs.

La dissidence ajoutait au désert. Les nuits de Cap Juby, de quart d'heure en quart d'heure, étaient coupées comme par le gong d'une horloge : les sentinelles, de proche en proche, s'alertaient l'une l'autre par un grand cri réglementaire. Le fort espagnol de Cap Juby, perdu en dissidence, se gardait ainsi contre des menaces qui ne montraient point leur visage. Et nous, les passagers de ce vaisseau aveugle, nous écoutions l'appel s'enfler de proche en proche, et décrire sur nous des orbes d'oiseaux de mer.

Et cependant, nous avons aimé le désert.

S'il n'est d'abord que vide et que silence, c'est qu'il ne s'offre point aux amants d'un jour. Un simple village de chez nous déjà se dérobe. Si nous ne renonçons pas, pour lui, au reste du monde, si nous ne rentrons pas dans ses traditions, dans ses coutumes, dans ses rivalités, nous ignorons tout de la patrie qu'il compose pour quelques-uns. Mieux encore, à deux pas de nous, l'homme qui s'est muré dans son cloître, et vit selon des règles qui nous sont inconnues, celui-là émerge véritablement dans des solitudes

tibétaines, dans un éloignement où nul avion
ne nous déposera jamais. Qu'allons-nous visiter
sa cellule! Elle est vide. L'empire de l'homme
est intérieur. Ainsi le désert n'est point fait de
sable, ni de Touareg, ni de Maures même armés
d'un fusil...

Mais voici qu'aujourd'hui nous avons éprouvé
la soif. Et ce puits que nous connaissions, nous
découvrons, aujourd'hui seulement, qu'il rayonne
sur l'étendue. Une femme invisible peut en-
chanter ainsi toute une maison. Un puits porte
loin, comme l'amour.

Les sables sont d'abord déserts, puis vient le
jour où, craignant l'approche d'un rezzou, nous
y lisons les plis du grand manteau dont il s'enveloppe. Le rezzou aussi transfigure les sables.

Nous avons accepté la règle du jeu, le jeu
nous forme à son image. Le Sahara, c'est en
nous qu'il se montre. L'aborder ce n'est point
visiter l'oasis, c'est faire notre religion d'une
fontaine.

II

Dès mon premier voyage, j'ai connu le goût du désert. Nous nous étions échoués, Riguelle, Guillaumet et moi, auprès du fortin de Nouat-chott. Ce petit poste de Mauritanie était alors aussi isolé de toute vie qu'un îlot perdu en mer. Un vieux sergent y vivait enfermé avec ses quinze Sénégalais. Il nous reçut comme des envoyés du ciel :

« Ah! ça me fait quelque chose de vous parler... Ah! ça me fait quelque chose! »

Ça lui faisait quelque chose : il pleurait.

« Depuis six mois, vous êtes les premiers. C'est tous les six mois qu'on me ravitaille. Tan-tôt c'est le lieutenant. Tantôt c'est le capitaine. La dernière fois, c'était le capitaine... »

Nous nous sentions encore abasourdis. A deux heures de Dakar, où le déjeuner se pré-pare, l'embiellage saute, et l'on change de des-tinée. On joue le rôle d'apparition auprès d'un vieux sergent qui pleure.

« Ah! buvez, ça me fait plaisir d'offrir du
vin! Pensez un peu! quand le capitaine est passé,
je n'en avais plus pour le capitaine. »

J'ai raconté ça dans un livre, mais ce n'était
point du roman. Il nous a dit :

« La dernière fois, je n'ai même pas pu
trinquer... Et j'ai eu tellement honte que j'ai
demandé ma relève. »

Trinquer! Trinquer un grand coup avec
l'autre, qui saute à bas du méhari, ruisselant de
sueur! Six mois durant on avait vécu pour cette
minute-là. Depuis un mois déjà on astiquait les
armes, on fourbissait le poste de la soute au
grenier. Et déjà, depuis quelques jours, sentant
l'approche du jour béni, on surveillait, du haut
de la terrasse, inlassablement, l'horizon, afin d'y
découvrir cette poussière, dont s'enveloppera,
quand il apparaîtra, le peloton mobile d'Atar...

Mais le vin manque : on ne peut célébrer la
fête. On ne trinque pas. On se découvre désho-
noré...

« J'ai hâte qu'il revienne. Je l'attends...

— Où est-il, sergent? »

Et le sergent, montrant les sables :

« On ne sait pas, il est partout, le capitaine! »

Elle fut réelle aussi, cette nuit passée sur

la terrasse du fortin, à parler des étoiles. Il
n'était rien d'autre à surveiller. Elles étaient
là, bien au complet, comme en avion, mais
stables.

En avion, quand la nuit est trop belle, on se
laisse aller, on ne pilote plus guère, et l'avion
peu à peu s'incline sur la gauche. On le croit
encore horizontal quand on découvre sous l'aile
droite un village. Dans le désert il n'est point de
village. Alors une flottille de pêche en mer.
Mais au large du Sahara, il n'est point de flottille de pêche. Alors? Alors on sourit de l'erreur.
Doucement, on redresse l'avion. Et le village
reprend sa place. On raccroche à la panoplie
la constellation que l'on avait laissée tomber.
Village? Oui. Village d'étoiles. Mais, du haut
du fortin, il n'est qu'un désert comme gelé, des
vagues de sable sans mouvement. Des constellations bien accrochées. Et le sergent nous parle
d'elles :

« Allez! Je connais bien mes directions...
Cap sur cette étoile, droit sur Tunis!

— Tu es de Tunis?

— Non. Ma cousine. »

Il se fait un très long silence. Mais le sergent
n'ose rien nous cacher :

« Un jour, j'irai à Tunis. »

Certes, par un autre chemin qu'en marchant droit sur cette étoile. A moins qu'un jour d'expédition un puits tari ne le livre à la poésie du délire. Alors l'étoile, la cousine et Tunis se confondront. Alors commencera cette marche inspirée, que les profanes croient douloureuse.

« J'ai demandé une fois au capitaine une permission pour Tunis, rapport à cette cousine. Et il m'a répondu...

— Et il t'a répondu?

— Et il m'a répondu : « C'est plein de cou- « sines, le monde. » Et, comme c'était moins loin, il m'a envoyé à Dakar.

— Elle était belle, ta cousine?

— Celle de Tunis? Bien sûr. Elle était blonde.

— Non, celle de Dakar? »

Sergent, nous t'aurions embrassé pour ta réponse un peu dépitée et mélancolique :

« Elle était nègre... »

Le Sahara pour toi, sergent? C'était un dieu perpétuellement en marche vers toi. C'était aussi la douceur d'une cousine blonde derrière cinq mille kilomètres de sable.

Le désert pour nous? C'était ce qui naissait

en nous. Ce que nous apprenions sur nous-
mêmes. Nous aussi, cette nuit-là, nous étions
amoureux d'une cousine et d'un capitaine...

III

Situé à la lisière des territoires insoumis,
Port-Etienne n'est pas une ville. On y trouve
un fortin, un hangar et une baraque de bois
pour les équipages de chez nous. Le désert,
autour, est si absolu que, malgré ses faibles
ressources militaires, Port-Etienne est presque
invincible. Il faut franchir, pour l'attaquer, une
telle ceinture de sable et de feu que les rezzous
ne peuvent l'atteindre qu'à bout de forces, après
épuisement des provisions d'eau. Pourtant, de
mémoire d'homme, il y a toujours eu, quelque
part dans le Nord, un rezzou en marche sur
Port-Etienne. Chaque fois que le capitaine-
gouverneur vient boire chez nous un verre de
thé, il nous montre sa marche sur les cartes,
comme on raconte la légende d'une belle princesse. Mais ce rezzou n'arrive jamais, tari par le

sable même, comme un fleuve, et nous l'appe-
lons le rezzou fantôme. Les grenades et les cartouches, que le gouvernement nous distribue
le soir, dorment au pied de nos lits dans leurs
caisses. Et nous n'avons point à lutter contre
d'autre ennemi que le silence, protégés avant
tout par notre misère. Et Lucas, chef d'aéroport,
fait, nuit et jour, tourner le gramophone qui,
si loin de la vie, nous parle un langage à demi
perdu, et provoque une mélancolie sans objet
qui ressemble curieusement à la soif.

Ce soir, nous avons dîné au fortin et le capi-
taine-gouverneur nous a fait admirer son jardin. Il a, en effet, reçu de France trois caisses
pleines de terre véritable, qui ont ainsi franchi
quatre mille kilomètres. Il y pousse trois feuilles
vertes, et nous les caressons du doigt comme
des bijoux. Le capitaine, quand il en parle, dit :
« C'est mon parc. » Et quand souffle le vent de
sable, qui sèche tout, on descend le parc à la
cave.

Nous habitons à un kilomètre du fort, et
rentrons chez nous sous le clair de lune, après
le dîner. Sous la lune le sable est rose. Nous
sentons notre dénuement, mais le sable est rose.

Mais un appel de sentinelle rétablit dans le monde le pathétique. C'est tout le Sahara qui s'effraie de nos ombres, et qui nous interroge, parce qu'un rezzou est en marche.

Dans le cri de la sentinelle toutes les voix du désert retentissent. Le désert n'est plus une maison vide : une caravane maure aimante la nuit.

Nous pourrions nous croire en sécurité. Et cependant! Maladie, accident, rezzou, combien de menaces cheminent! L'homme est cible sur terre pour des tireurs secrets. Mais la sentinelle sénégalaise, comme un prophète, nous le rappelle.

Nous répondons : « Français! » et passons devant l'ange noir. Et nous respirons mieux. Quelle noblesse nous a rendue cette menace... Oh! si lointaine encore, si peu urgente, si bien amortie par tant de sable : mais le monde n'est plus le même. Il redevient somptueux, ce désert. Un rezzou en marche quelque part, et qui n'aboutira jamais, fait sa divinité.

Il est maintenant onze heures du soir. Lucas revient du poste radio, et m'annonce, pour

minuit, l'avion de Dakar. Tout va bien à bord.
Dans mon avion, à minuit dix, on aura trans-
bordé le courrier, et je décollerai pour le Nord.
Devant une glace ébréchée, je me rase attentivement. De temps à autre, la serviette éponge
autour du cou, je vais jusqu'à la porte et regarde
le sable nu : il fait beau, mais le vent tombe. Je
reviens au miroir. Je songe. Un vent établi pour
des mois, s'il tombe, dérange parfois tout le ciel.
Et maintenant, je me harnache : mes lampes de
secours nouées à ma ceinture, mon altimètre,
mes crayons. Je vais jusqu'à Néri qui sera cette
nuit mon radio de bord. Il se rase aussi. Je lui
dis : « Ça va ? » Pour le moment ça va. Cette
opération préliminaire est la moins difficile du
vol. Mais j'entends un grésillement, une libellule bute contre ma lampe. Sans que je sache
pourquoi, elle me pince le cœur.

Je sors encore et je regarde : tout est pur.
Une falaise qui borde le terrain tranche sur le
ciel comme s'il faisait jour. Sur le désert règne
un grand silence de maison en ordre. Mais voici
qu'un papillon vert et deux libellules cognent
ma lampe. Et j'éprouve de nouveau un sentiment sourd, qui est peut-être de la joie, peut-
être de la crainte, mais qui vient du fond de

moi-même, encore très obscur, qui, à peine,
s'annonce. Quelqu'un me parle de très loin.
Est-ce cela l'instinct? Je sors encore : le vent
est tout à fait tombé. Il fait toujours frais. Mais
j'ai reçu un avertissement. Je devine, je crois
deviner ce que j'attends : ai-je raison? Ni le ciel
ni le sable ne m'ont fait aucun signe, mais deux
libellules m'ont parlé, et un papillon vert.

Je monte sur une dune et m'assois face à l'est.
Si j'ai raison « ça « ne va pas tarder longtemps.
Que chercheraient-elles ici, ces libellules, à des
centaines de kilomètres des oasis de l'intérieur?

De faibles débris charriés aux plages prou-
vent qu'un cyclone sévit en mer. Ainsi ces
insectes me montrent qu'une tempête de sable
est en marche; une tempête d'est, et qui a
dévasté les palmeraies lointaines de leurs papil-
lons verts. Son écume déjà m'a touché. Et solennel, puisqu'il est une preuve, et solennel, puisqu'il est une menace lourde, et solennel,
puisqu'il contient une tempête, le vent d'est
monte. C'est à peine si m'atteint son faible
soupir. Je suis la borne extrême que lèche la
vague. A vingt mètres derrière moi, aucune toile
n'eût remué. Sa brûlure m'a enveloppé une fois,
une seule, d'une caresse qui semblait morte.

Mais je sais bien, pendant les secondes qui suivent, que le Sahara reprend son souffle et va pousser son second soupir. Et qu'avant trois minutes la manche à air de notre hangar va s'émouvoir. Et qu'avant dix minutes le sable remplira le ciel. Tout à l'heure nous décollerons dans ce feu, ce retour de flammes du désert.

Mais ce n'est pas ce qui m'émeut. Ce qui me remplit d'une joie barbare, c'est d'avoir compris à demi-mot un langage secret, c'est d'avoir flairé une trace comme un primitif, en qui tout l'avenir s'annonce par de faibles rumeurs, c'est d'avoir lu cette colère aux battements d'ailes d'une libellule.

IV

Nous étions là-bas en contact avec les Maures insoumis. Ils émergeaient du fond des territoires interdits, ces territoires que nous franchissions dans nos vols; ils se hasardaient aux fortins de Juby ou de Cisneros pour y faire l'achat de pains de sucre ou de thé, puis ils se

renfonçaient dans leur mystère. Et nous tentions, à leur passage, d'apprivoiser quelques-
uns d'entre eux.

Quand il s'agissait de chefs influents, nous les
chargions parfois à bord, d'accord avec la direction des lignes, afin de leur montrer le monde.
Il s'agissait d'éteindre leur orgueil, car c'était
par mépris, plus encore que par haine, qu'ils
assassinaient les prisonniers. S'ils nous croisaient
aux abords des fortins, ils ne nous injuriaient
même pas. Ils se détournaient de nous et crachaient. Et cet orgueil, ils le tiraient de l'illusion
de leur puissance. Combien d'entre eux m'ont
répété, ayant dressé sur pied de guerre une
armée de trois cents fusils : « Vous avez de la
chance, en France, d'être à plus de cent jours
de marche... »

Nous les promenions donc, et il se fit que
trois d'entre eux visitèrent ainsi cette France
inconnue. Ils étaient de la race de ceux qui,
m'ayant une fois accompagné au Sénégal, pleu-
rèrent de découvrir des arbres.

Quand je les retrouvai sous leurs tentes, ils
célébraient les music-halls, où les femmes nues
dansent parmi les fleurs. Voici des hommes qui
n'avaient jamais vu un arbre ni une fontaine, ni

une rose, qui connaissaient, par le Coran seul,
l'existence de jardins où coulent des ruisseaux
puisqu'il nomme ainsi le paradis. Ce paradis et
ses belles captives, on le gagne par la mort
amère sur le sable, d'un coup de fusil d'infidèle,
après trente années de misère. Mais Dieu les
trompe, puisqu'il n'exige des Français, auxquels
sont accordés tous ces trésors, ni la rançon de la
soif ni celle de la mort. Et c'est pourquoi ils
rêvent, maintenant, les vieux chefs. Et c'est
pourquoi, considérant le Sahara qui s'étend,
désert, autour de leur tente, et jusqu'à la mort
leur proposera de si maigres plaisirs, ils se laissent aller aux confidences.

« Tu sais... le Dieu des Français... Il est plus
généreux pour les Français que le Dieu des
Maures pour les Maures! »

Quelques semaines auparavant, on les promenait en Savoie. Leur guide les a conduits en
face d'une lourde cascade, une sorte de colonne
tressée, et qui grondait :

« Goûtez », leur a-t-il dit.

Et c'était de l'eau douce. L'eau! Combien
faut-il de jours de marche, ici, pour atteindre
le puits le plus proche et, si on le trouve, combien d'heures, pour creuser le sable dont il est

rempli, jusqu'à une boue mêlée d'urine de chameau! L'eau! A Cap Juby, à Cisneros, à Port-
Etienne, les petits des Maures ne quêtent pas
l'argent, mais une boîte de conserves en main,
ils quêtent l'eau :

« Donne un peu d'eau, donne...

— Si tu es sage. »

L'eau qui vaut son poids d'or, l'eau dont la
moindre goutte tire du sable l'étincelle verte
d'un brin d'herbe. S'il a plu quelque part, un
grand exode anime le Sahara. Les tribus mon-
tent vers l'herbe qui poussera trois cents kilomètres plus loin... Et cette eau, si avare, dont
il n'était pas tombé une goutte à Port-Etienne,
depuis dix ans, grondait là-bas, comme si, d'une
citerne crevée, se répandaient les provisions
du monde.

« Repartons », leur disait leur guide.

Mais ils ne bougeaient pas :

« Laisse-nous encore... »

Ils se taisaient, ils assistaient graves, muets, à
ce déroulement d'un mystère solennel. Ce qui
coulait ainsi, hors du ventre de la montagne,
c'était la vie, c'était le sang même des hommes.
Le débit d'une seconde eût ressuscité des caravanes entières, qui, ivres de soif, s'étaient en-

foncées, à jamais, dans l'infini des lacs de sel
et des mirages. Dieu, ici, se manifestait : on ne
pouvait pas lui tourner le dos. Dieu ouvrait ses
écluses et montrait sa puissance : les trois
Maures demeuraient immobiles.

« Que verrez-vous de plus? Venez...
— Il faut attendre.
— Attendre quoi?
— La fin. »

Ils voulaient attendre l'heure où Dieu se fati-
guerait de sa folie. Il se repent vite, il est avare.

« Mais cette eau coule depuis mille ans!... »

Aussi, ce soir, n'insistent-ils pas sur la cascade. Il vaut mieux taire certains miracles. Il
vaut même mieux n'y pas trop songer, sinon
l'on ne comprend plus rien. Sinon, l'on doute
de Dieu...

« Le Dieu des Français, vois-tu... »

Mais je les connais bien, mes amis barbares.
Ils sont là, troublés dans leur foi, déconcertés,
et désormais si près de se soumettre. Ils rêvent
d'être ravitaillés en orge par l'intendance française, et assurés dans leur sécurité par nos
troupes sahariennes. Et il est vrai qu'une fois
soumis ils auront gagné en biens matériels.

Mais ils sont tous trois du sang d'El Mammoun, émir des Trarza. (Je crois faire erreur
sur son nom.)

J'ai connu celui-là quand il était notre vassal.
Admis aux honneurs officiels pour les services
rendus, enrichi par les gouverneurs et respecté
par les tribus, il ne lui manquait rien, semble-
t-il, des richesses visibles. Mais une nuit, sans
qu'un signe l'ait fait prévoir, il massacra les
officiers qu'il accompagnait dans le désert, s'em-
para des chameaux, des fusils, et rejoignit les
tribus insoumises.

On nomme trahisons ces révoltes soudaines,
ces fuites, à la fois héroïques et désespérées,
d'un chef désormais proscrit dans le désert,
cette courte gloire qui s'éteindra bientôt, comme
une fusée, sur le barrage du peloton mobile
d'Atar. Et l'on s'étonne de ces coups de folie.

Et cependant l'histoire d'El Mammoun fut
celle de beaucoup d'autres Arabes. Il vieillissait.
Lorsque l'on vieillit, on médite. Ainsi décou-
vrit-il un soir qu'il avait trahi le Dieu de l'Islam
et qu'il avait sali sa main en scellant, dans la
main des chrétiens, un échange où il perdait
tout.

Et, en effet, qu'importaient pour lui l'orge et

la paix? Guerrier déchu et devenu pasteur, voilà
qu'il se souvient d'avoir habité un Sahara où
chaque pli du sable était riche des menaces
qu'il dissimulait, où le campement, avancé dans
la nuit, détachait à sa pointe des veilleurs, où
les nouvelles qui racontaient les mouvements
des ennemis, faisaient battre les cœurs autour
des feux nocturnes. Il se souvient d'un goût
de pleine mer qui, s'il a été une fois savouré par
l'homme, n'est jamais oublié.

Voici qu'aujourd'hui il erre sans gloire dans
une étendue pacifiée vidée de tout prestige.
Aujourd'hui seulement le Sahara est un désert.

Les officiers qu'il assassinera, peut-être les
vénérait-il. Mais l'amour d'Allah passe d'abord.

« Bonne nuit, El Mammoun.

— Que Dieu te protège! »

Les officiers se roulent dans leurs couvertures, allongés sur le sable, comme sur un ra-
deau, face aux astres. Voici toutes les étoiles qui
tournent lentement, un ciel entier qui marque
l'heure. Voici la lune qui penche vers les
sables, ramenée au néant, par Sa Sagesse. Les
chrétiens bientôt vont s'endormir. Encore
quelques minutes et les étoiles seules luiront.

Alors, pour que les tribus abâtardies soient
rétablies dans leur splendeur passée, alors pour
que reprennent ces poursuites, qui seules font
rayonner les sables, il suffira du faible cri de ces
chrétiens que l'on noiera dans leur propre sommeil... Encore quelques secondes et, de l'irré-
parable, naîtra un monde...

Et l'on massacre les beaux lieutenants endormis.

v

A Juby, aujourd'hui, Kemal et son frère
Mouyane m'ont invité, et je bois le thé sous
leur tente. Mouyane me regarde en silence, et
conserve, le voile bleu tiré sur les lèvres, une
réserve sauvage. Kemal seul me parle et fait les
honneurs :

« Ma tente, mes chameaux, mes femmes, mes
esclaves sont à toi. »

Mouyane, toujours sans me quitter des yeux,
se penche vers son frère, prononce quelques
mots, puis il rentre dans son silence.

« Que dit-il?

— Il dit : « Bonnafous a volé mille chameaux
« aux R'Gueïbat. »

Ce capitaine Bonnafous, officier méhariste
des pelotons d'Atar, je ne le connais pas. Mais je
connais sa grande légende à travers les Maures.
Ils parlent de lui avec colère, mais comme
d'une sorte de dieu. Sa présence donne son prix
au sable. Il vient de surgir aujourd'hui encore,
on ne sait comment, à l'arrière des rezzous
qui marchaient vers le sud, volant leurs chameaux par centaines, les obligeant, pour sauver leurs trésors qu'ils croyaient en sécurité,
à se rabattre contre lui. Et maintenant, ayant
sauvé Atar par cette apparition d'archange,
ayant assis son campement sur une haute table
calcaire, il demeure là tout droit, comme un
gage à saisir, et son rayonnement est tel qu'il
oblige les tribus à se mettre en marche vers son
glaive.

Mouyane me regarde plus durement et parle
encore.

« Que dit-il?

— Il dit : « Nous partirons demain en rezzou
« contre Bonnafous. Trois cents fusils. »

J'avais bien deviné quelque chose. Ces chameaux que l'on mène au puits depuis trois

jours, ces palabres, cette ferveur. Il semble que
l'on grée un voilier invisible. Et le vent du
large, qui l'emportera, déjà circule. A cause de
Bonnafous chaque pas vers le sud devient un
pas riche de gloire. Et je ne sais plus départager
ce que de tels départs contiennent de haine ou
d'amour.

Il est somptueux de posséder au monde un
si bel ennemi à assassiner. Là où il surgit, les
tribus proches plient leurs tentes, rassemblent
leurs chameaux et fuient, tremblant de le ren
contrer face à face, mais les tribus les plus lointaines sont prises du même vertige que dans
l'amour. On s'arrache à la paix des tentes, aux
étreintes des femmes, au sommeil heureux, on
découvre que rien au monde ne vaudrait, après
deux mois de marche épuisante vers le sud, de
soif brûlante, d'attentes accroupies sous les
vents de sable, de tomber, par surprise, à l'aube,
sur le peloton mobile d'Atar, et là, si Dieu
permet, d'assassiner le capitaine Bonnafous.

« Bonnafous est fort », m'avoue Kemal.

Je sais maintenant leur secret. Comme ces
hommes qui désirent une femme, rêvent à son
pas indifférent de promenade, et se tournent
et se retournent toute la nuit, blessés, brûlés, par

la promenade indifférente qu'elle poursuit dans leur songe, le pas lointain de Bonnafous les tourmente. Tournant les rezzous lancés contre lui, ce chrétien habillé en Maure, à la tête de ses deux cents pirates maures, a pénétré en dissidence, là où le dernier de ses propres hommes, affranchi des contraintes françaises, pourrait se réveiller de son servage, impunément, et le sacrifier à son Dieu sur les tables de pierre, là où son seul prestige les retient, où sa faiblesse même les effraie. Et cette nuit, au milieu de leurs sommeils rauques, il passe et passe indifférent, et son pas sonne jusque dans le cœur du désert.

Mouyane médite, toujours immobile dans le fond de la tente, comme un bas-relief de granit bleu. Ses yeux seuls brillent, et son poignard d'argent qui n'est plus un jouet. Qu'il a changé depuis qu'il a rallié le rezzou! Il sent, comme jamais, sa propre noblesse, et m'écrase de son mépris; car il va monter vers Bonnafous, car il se mettra en marche, à l'aube, poussé par une haine qui a tous les signes de l'amour.

Une fois encore il se penche vers son frère, parle tout bas, et me regarde.

« Que dit-il?

— Il dit qu'il tirera sur toi s'il te rencontre loin du fort.

— Pourquoi?

— Il dit : « Tu as des avions et la T. S. F., tu « as Bonnafous, mais tu n'as pas la vérité. »

Mouyane immobile dans ses voiles bleus, aux plis de statue, me juge.

« Il dit : « Tu manges de la salade comme « les chèvres, et du porc comme les porcs. Tes « femmes sans pudeur montrent leur visage » : il en a vu. Il dit : « Tu ne pries jamais. » Il dit : « A quoi te servent tes avions, ta T. S. F., ton « Bonnafous, si tu n'as pas la vérité? »

Et j'admire ce Maure qui ne défend pas sa liberté, car dans le désert on est toujours libre, qui ne défend pas de trésors visibles, car le désert est nu, mais qui défend un royaume secret. Dans le silence des vagues de sable, Bonnafous mène son peloton comme un vieux corsaire, et grâce à lui ce campement de Cap Juby n'est plus un foyer de pasteurs oisifs. La tempête de Bonnafous pèse contre son flanc, et à cause de lui on serre les tentes, le soir. Le silence, dans le Sud, qu'il est poignant : c'est le silence de Bonnafous! Et Mouyane, vieux chasseur, l'écoute qui marche dans le vent.

Lorsque Bonnafous rentrera en France, ses ennemis, loin de s'en réjouir, le pleureront, comme si son départ enlevait à leur désert un de ses pôles, à leur existence un peu de prestige, et ils me diront :

« Pourquoi s'en va-t-il, ton Bonnafous?

— Je ne sais pas... »

Il a joué sa vie contre la leur, et pendant des années. Il a fait ses règles de leurs règles. Il a dormi, la tête appuyée à leurs pierres. Pendant l'éternelle poursuite il a connu comme eux des nuits de Bible, faites d'étoiles et de vent. Et voici qu'il montre, en s'en allant, qu'il ne jouait pas un jeu essentiel. Il quitte la table avec désinvolture. Et les Maures, qu'il laisse jouer seuls, perdent confiance dans un sens de la vie qui n'engage plus les hommes jusqu'à la chair. Ils veulent croire en lui quand même.

« Ton Bonnafous : il reviendra.

— Je ne sais pas. »

Il reviendra, pensent les Maures. Les jeux d'Europe ne pourront plus le contenter, ni les bridges de garnison, ni l'avancement, ni les femmes. Il reviendra, hanté par sa noblesse perdue, là où chaque pas fait battre le cœur, comme un pas vers l'amour. Il aura cru ne vivre ici qu'une aventure, et retrouver là-bas l'essentiel, mais il découvrira avec dégoût que les seules richesses véritables il les a possédées ici, dans le désert : ce prestige du sable, la nuit, ce silence, cette patrie de vent et d'étoiles. Et si Bonnafous revient un jour, la nouvelle, dès la première nuit, se répandra en dissidence. Quelque part dans le Sahara, au milieu de ses deux cents pirates, les Maures sauront qu'il dort. Alors on mènera au puits, dans le silence, les méhara. On préparera les provisions d'orge. On vérifiera les culasses. Poussés par cette haine, ou cet amour.

VI

« Cache-moi dans un avion pour Marrakech... »

Chaque soir, à Juby, cet esclave des Maures m'adressait sa courte prière. Après quoi, ayant fait son possible pour vivre, il s'asseyait les jambes en croix et préparait mon thé. Désor-

mais paisible pour un jour, s'étant confié,
croyait-il, au seul médecin qui pût le guérir,
ayant sollicité le seul dieu qui pût le sauver.
Ruminant désormais, penché sur la bouilloire,
les images simples de sa vie, les terres noires
de Marrakech, ses maisons roses, les biens élémentaires dont il était dépossédé. Il ne m'en
voulait pas de mon silence, ni de mon retard
à donner la vie : je n'étais pas un homme semblable à lui, mais une force à mettre en
marche, mais quelque chose comme un vent
favorable, et qui se lèverait un jour sur sa destinée.

Pourtant, simple pilote, chef d'aéroport pour
quelques mois à Cap Juby, disposant pour toute
fortune d'une baraque adossée au fort espagnol,
et, dans cette baraque, d'une cuvette, d'un broc
d'eau salée, d'un lit trop court, je me faisais
moins d'illusions sur ma puissance :

« Vieux Bark, on verra ça... »

Tous les esclaves s'appellent Bark; il s'appe-
lait donc Bark. Malgré quatre années de captivité, il ne s'était pas résigné encore : il se souve-
nait d'avoir été roi.

« Que faisais-tu, Bark, à Marrakech? »

A Marrakech, où sa femme et ses trois en

fants vivaient sans doute encore, il avait exercé
un métier magnifique :

« J'étais conducteur de troupeaux, et je
m'appelais Mohammed! »

Les caïds, là-bas, le convoquaient :

« J'ai des bœufs à vendre, Mohammed. Va
les chercher dans la montagne. »

Ou bien :

« J'ai mille moutons dans la plaine, conduis-
les plus haut vers les pâturages. »

Et Bark, armé d'un sceptre d'olivier, gouver-
nait leur exode. Seul responsable d'un peuple
de brebis, ralentissant les plus agiles à cause
des agneaux à naître, et secouant un peu les
paresseuses, il marchait dans la confiance et
l'obéissance de tous. Seul à connaître vers
quelles terres promises ils montaient, seul à
lire sa route dans les astres, lourd d'une science
qui n'est point partagée aux brebis, il décidait
seul, dans sa sagesse, l'heure du repos, l'heure
des fontaines. Et debout, la nuit, dans leur
sommeil, pris de tendresse pour tant de faiblesse ignorante, et baigné de laine jusqu'aux
genoux, Bark, médecin, prophète et roi, priait
pour son peuple.

Un jour, des Arabes l'avaient abordé :

« Viens avec nous chercher des bêtes dans le Sud. »

On l'avait fait marcher longtemps, et quand, après trois jours, il fut bien engagé dans un chemin creux de montagne, aux confins de la dissidence, on lui mit simplement la main sur l'épaule, on le baptisa Bark et on le vendit.

Je connaissais d'autres esclaves. J'allais chaque jour, sous les tentes, prendre le thé. Allongé là, pieds nus, sur le tapis de haute laine qui est le luxe du nomade, et sur lequel il fonde pour quelques heures sa demeure, je goûtais le voyage du jour. Dans le désert, on sent l'écoulement du temps. Sous la brûlure du soleil, on est en marche vers le soir, vers ce vent frais qui baignera les membres et lavera toute sueur. Sous la brûlure du soleil, bêtes et hommes, aussi sûrement que vers la mort, avancent vers ce grand abreuvoir. Ainsi l'oisiveté n'est jamais vaine. Et toute journée paraît belle comme ces routes qui vont à la mer.

Je les connaissais, ces esclaves. Ils entrent sous la tente quand le chef a tiré de la caisse aux trésors le réchaud, la bouilloire et les verres, de cette caisse lourde d'objets absurdes,

de cadenas sans clefs, de vases de fleurs sans
fleurs, de glaces à trois sous, de vieilles armes,
et qui, échoués ainsi en plein sable, font songer
à l'écume d'un naufrage.

Alors l'esclave, muet, charge le réchaud de
brindilles sèches, souffle sur la braise, remplit
la bouilloire, fait jouer pour des efforts de petite
fille, des muscles qui déracineraient un cèdre. Il
est paisible. Il est pris par le jeu : faire le thé,
soigner les méhara, manger. Sous la brûlure du
jour, marcher vers la nuit, et sous la glace des
étoiles nues souhaiter la brûlure du jour. Heureux les pays du Nord auxquels les saisons
composent, l'été, une légende de neige, l'hiver,
une légende de soleil, tristes tropiques où dans
l'étuve rien ne change beaucoup, mais heureux
aussi ce Sahara où le jour et la nuit balancent
si simplement les hommes d'une espérance à
l'autre.

Parfois l'esclave noir, s'accroupissant devant
la porte, goûte le vent du soir. Dans ce corps
pesant de captif, les souvenirs ne remontent
plus. A peine se souvient-il de l'heure du rapt,
de ces coups, de ces cris, de ces bras d'homme
qui l'ont renversé dans sa nuit présente. Il
s'enfonce, depuis cette heure-là, dans un

étrange sommeil, privé comme un aveugle de
ses fleuves lents du Sénégal ou de ses villes
blanches du Sud-Marocain, privé comme un
sourd des voix familières. Il n'est pas malheureux, ce noir, il est infirme. Tombé un jour dans
le cycle de la vie des nomades, lié à leurs migrations, attaché pour la vie aux orbes qu'ils décri-
vent dans le désert, que conserverait-il de commun, désormais, avec un passé, avec un foyer,
avec une femme et des enfants qui sont, pour
lui, aussi morts que des morts?

Des hommes qui ont vécu longtemps d'un
grand amour, puis en furent privés, se lassent
parfois de leur noblesse solitaire. Ils se rap-
prochent humblement de la vie, et, d'un amour
médiocre, font leur bonheur. Ils ont trouvé doux
d'abdiquer, de se faire serviles, et d'entrer dans
la paix des choses. L'esclave fait son orgueil de
la braise du maître.

« Tiens, prends », dit parfois le chef au
captif.

C'est l'heure où le maître est bon pour l'esclave à cause de cette rémission de toutes les
fatigues, de toutes les brûlures, à cause de cette
entrée, côte à côte, dans la fraîcheur. Et il lui
accorde un verre de thé. Et le captif, alourdi de

reconnaissance, baiserait, pour ce verre de thé, les genoux du maître. L'esclave n'est jamais chargé de chaînes. Qu'il en a peu besoin! Qu'il est fidèle! Qu'il renie sagement en lui le roi noir dépossédé : il n'est plus qu'un captif heureux.

Un jour, pourtant, on le délivrera. Quand il sera trop vieux pour valoir ou sa nourriture ou ses vêtements, on lui accordera une liberté démesurée. Pendant trois jours, il se proposera en vain de tente en tente, chaque jour plus faible, et vers la fin du troisième jour, toujours sagement il se couchera sur le sable. J'en ai vu ainsi, à Juby, mourir nus. Les Maures coudoyaient leur longue agonie, mais sans cruauté, et les petits des Maures jouaient près de l'épave sombre, et, à chaque aube, couraient voir par jeu si elle remuait encore, mais sans rire du vieux serviteur. Cela était dans l'ordre naturel. C'était comme si on lui eût dit : « Tu as bien travaillé, tu as droit au sommeil, va dormir. » Lui, toujours allongé, éprouvait la faim qui n'est qu'un vertige, mais non l'injustice qui seule tourmente. Il se mêlait peu à peu à la terre. Séché par le soleil et reçu par la terre. Trente années de travail, puis ce droit au sommeil et à la terre.

Le premier que je rencontrai, je ne l'entendis pas gémir : mais il n'avait pas contre qui gémir. Je devinais en lui une sorte d'obscur consentement, celui du montagnard perdu, à bout de forces, et qui se couche dans la neige, s'enveloppe dans ses rêves et dans la neige. Ce ne fut pas sa souffrance qui me tourmenta. Je n'y croyais guère. Mais, dans la mort d'un homme, un monde inconnu meurt, et je me demandais quelles étaient les images qui sombraient en lui. Quelles plantations du Sénégal, quelles villes blanches du Sud-Marocain s'enfonçaient peu à peu dans l'oubli. Je ne pouvais connaître si, dans cette masse noire, s'éteignaient simplement des soucis misérables : le thé à préparer, les bêtes à conduire au puits... si s'endormait une âme d'esclave, ou si, ressuscité par une remontée de souvenirs, l'homme mourait dans sa grandeur. L'os dur du crâne était pour moi pareil à la vieille caisse aux trésors. Je ne savais quelles soies de couleur, quelles images de fêtes, quels vestiges tellement désuets ici, tellement inutiles dans ce désert, y avaient échappé au naufrage. Cette caisse était là, bouclée, et lourde. Je ne savais quelle part du monde se défaisait dans l'homme pendant le

gigantesque sommeil des derniers jours, se
défaisait dans cette conscience et cette chair qui,
peu à peu, redevenaient nuit et racine.

« J'étais conducteur de troupeaux, et je
m'appelais Mohammed... »

Bark, captif noir, était le premier que je
connus qui ait résisté. Ce n'était rien que les
Maures eussent violé sa liberté, l'eussent fait,
en un jour, plus nu sur terre qu'un nouveau-
né. Il est des tempêtes de Dieu qui ravagent,
ainsi, en une heure, les moissons d'un homme.
Mais, plus profondément que dans ses biens,
les Maures le mènaçaient dans son personnage.
Et Bark n'abdiquait pas, alors que tant d'autres
captifs eussent laissé si bien mourir en eux un
pauvre conducteur de bêtes, qui besognait toute
l'année pour gagner son pain!

Bark ne s'installait pas dans la servitude
comme on s'installe, las d'attendre, dans un
médiocre bonheur. Il ne voulait pas faire ses
joies d'esclave des bontés du maître d'esclaves.
Il conservait au Mohammed absent cette maison que ce Mohammed avait habitée dans sa
poitrine. Cette maison triste d'être vide, mais
que nul autre n'habiterait. Bark ressemblait à

ce gardien blanchi qui, dans les herbes des allées et l'ennui du silence, meurt de fidélité.

Il ne disait pas : « Je suis Mohammed ben Lhaoussin », mais : « Je m'appelais Mohammed », rêvant au jour où ce personnage oublié ressusciterait, chassant par sa seule résurrection l'apparence de l'esclave. Parfois, dans le silence de la nuit, tous ses souvenirs lui étaient rendus, avec la plénitude d'un chant d'enfance. « Au milieu de la nuit, nous racontait notre interprète maure, au milieu de la nuit, il a parlé de Marrakech, et il a pleuré. » Nul n'échappe dans la solitude à ces retours. L'autre se réveillait en lui, sans prévenir, s'étirait dans ses propres membres, cherchait la femme contre son flanc, dans ce désert où nulle femme jamais n'approcha. Bark écoutait chanter l'eau des fontaines, là où nulle fontaine ne coula jamais. Et Bark, les yeux fermés, croyait habiter une maison blanche, assise chaque nuit sous la même étoile, là où les hommes habitent des maisons de bure et poursuivent le vent. Chargé de ses vieilles tendresses mystérieusement vivifiées, comme si leur pôle eût été proche, Bark venait à moi. Il voulait me dire qu'il était prêt, que toutes ses tendresses étaient prêtes, et qu'il n'avait

plus, pour les distribuer, qu'à rentrer chez lui.
Et il suffirait d'un signe de moi. Et Bark souriait, m'indiquait le truc, je n'y avais sans doute
pas songé encore :

« C'est demain le courrier... Tu me caches
dans l'avion pour Agadir...

— Pauvre vieux Bark! »

Car nous vivions en dissidence, comment
l'eussions-nous aidé à fuir? Les Maures, le lendemain, auraient vengé par Dieu sait quel massacre le vol et l'injure. J'avais bien tenté de
l'acheter, aidé par les mécaniciens de l'escale,
Laubergue, Marchal, Abgrall, mais les Maures
ne rencontrent pas tous les jours des Européens
en quête d'un esclave. Ils en abusent.

« C'est vingt mille francs.

— Tu te fous de nous?

— Regarde-moi ces bras forts qu'il a... »

Et des mois passèrent ainsi.

Enfin les prétentions des Maures baissèrent,
et, aidé par des amis de France auxquels j'avais
écrit, je me vis en mesure d'acheter le vieux
Bark.

Ce furent de beaux pourparlers. Ils durèrent
huit jours. Nous les passions, assis en rond, sur

le sable, quinze Maures et moi. Un ami du
propriétaire et qui était aussi le mien, Zin
Ould Rhattari, un brigand, m'aidait en secret :

« Vends-le, tu le perdras quand même, lui
disait-il sur mes conseils. Il est malade. Le mal
ne se voit pas d'abord, mais il est dedans. Un
jour vient, tout à coup, où l'on gonfle. Vends-le
vite au Français. »

J'avais promis une commission à un autre
bandit, Raggi, s'il m'aidait à conclure l'achat, et
Raggi tentait le propriétaire :

« Avec l'argent tu achèteras des chameaux,
des fusils et des balles. Tu pourras ainsi partir
en rezzou et faire la guerre aux Français. Ainsi,
tu ramèneras d'Atar trois ou quatre esclaves
tout neufs. Liquide ce vieux-là. »

Et l'on me vendit Bark. Je l'enfermai à clef
pour six jours dans notre baraque, car s'il avait
erré au-dehors avant le passage de l'avion, les
Maures l'eussent repris et revendu plus loin.

Mais je le libérai de son état d'esclave. Ce fut
encore une belle cérémonie. Le marabout vint,
l'ancien propriétaire et Ibrahim, le caïd de Juby.
Ces trois pirates, qui lui eussent volontiers
coupé la tête, à vingt mètres du mur du fort,
pour le seul plaisir de me jouer un tour, l'em-

brassèrent chaudement, et signèrent un acte officiel.

« Maintenant, tu es notre fils. »

C'était aussi le mien, selon la loi.

Et Bark embrassa tous ses pères.

Il vécut dans notre baraque une douce captivité jusqu'à l'heure du départ. Il se faisait décrire vingt fois par jour le facile voyage : il descendrait d'avion à Agadir, et on lui remettrait, dans cette escale, un billet d'autocar pour Marrakech. Bark jouait à l'homme libre, comme un enfant joue à l'explorateur : cette démarche vers la vie, cet autocar, ces foules, ces villes qu'il allait revoir...

Laubergue vint me trouver au nom de Marchal et d'Abgrall. Il ne fallait pas que Bark crevât de faim en débarquant. Ils me donnaient mille francs pour lui; Bark pourrait ainsi chercher du travail.

Et je pensais à ces vieilles dames des bonnes œuvres qui « font la charité », donnent vingt francs et exigent la reconnaissance. Laubergue, Marchal, Abgrall, mécaniciens d'avions, en donnaient mille, ne faisaient pas la charité, exigeaient encore moins de reconnaissance. Ils n'agissaient pas non plus par pitié, comme ces mêmes vieilles dames qui rêvent au bonheur. Ils contribuaient simplement à rendre à un homme sa dignité d'homme. Ils savaient trop bien, comme moi-même, qu'une fois passée l'ivresse du retour, la première amie fidèle qui viendrait au-devant de Bark, serait la misère, et qu'il peinerait avant trois mois quelque part sur les voies de chemin de fer, à déraciner des traverses. Il serait moins heureux qu'au désert chez nous. Mais il avait le droit d'être lui-même parmi les siens.

« Allons, vieux Bark, va et sois un homme. »

L'avion vibrait, prêt à partir. Bark se penchait une dernière fois vers l'immense désolation de Cap Juby. Devant l'avion deux cents Maures s'étaient groupés pour bien voir quel visage prend un esclave aux portes de la vie. Ils le récupéreraient un peu plus loin en cas de panne.

Et nous faisions des signes d'adieu à notre nouveau-né de cinquante ans, un peu troublés de le hasarder vers le monde.

« Adieu, Bark!

— Non.

— Comment : non?

— Non. Je suis Mohammed ben Lhaoussin. »

Nous eûmes pour la dernière fois des nouvelles de lui par l'Arabe Abdallah, qui, sur notre demande, assista Bark à Agadir.

L'autocar partait le soir seulement, Bark disposait ainsi d'une journée. Il erra d'abord si longtemps, et sans dire un mot, dans la petite ville, qu'Abdallah le devina inquiet et s'émut :

« Qu'y a-t-il?

— Rien... »

Bark, trop au large dans ses vacances soudaines, ne sentait pas encore sa résurrection. Il éprouvait bien un bonheur sourd, mais il n'y avait guère de différence, hormis ce bonheur, entre le Bark d'hier et le Bark d'aujourd'hui. Il partageait pourtant désormais, à égalité, ce soleil avec les autres hommes, et le droit de s'asseoir ici, sous cette tonnelle de café arabe. Il s'y assit. Il commanda du thé pour Abdallah et lui. C'était son premier geste de seigneur; son pouvoir eût dû le transfigurer. Mais le serveur lui versa le thé sans surprise, comme si le geste était ordinaire. Il ne sentait pas, en versant ce thé, qu'il glorifiait un homme libre.

« Allons ailleurs », dit Bark.

Ils montèrent vers là Kasbah, qui domine Agadir.

Les petites danseuses berbères vinrent à eux. Elles montraient tant de douceur apprivoisée que Bark crut qu'il allait revivre : c'étaient elles qui, sans le savoir, l'accueilleraient dans la vie. L'ayant pris par la main, elles lui offrirent donc le thé, gentiment, mais comme elles l'eussent offert à tout autre. Bark voulut raconter sa résurrection. Elles rirent doucement. Elles étaient contentes pour lui, puisqu'il était content. Il ajouta pour les émerveiller : « Je suis Mohammed ben Lhaoussin. » Mais cela ne les surprit guère. Tous les hommes ont un nom, et beaucoup reviennent de tellement loin...

Il entraîna encore Abdallah vers la ville. Il erra devant les échoppes juives, regarda la mer, songea qu'il pouvait marcher à son gré dans n'importe quelle direction, qu'il était libre... Mais cette liberté lui parut amère : elle lui découvrait surtout à quel point il manquait de liens avec le monde.

Alors, comme un enfant passait, Bark lui caressa doucement la joue. L'enfant sourit. Ce n'était pas un fils de maître que l'on flatte. C'était un enfant faible à qui Bark accordait

une caresse. Et qui souriait. Et cet enfant
réveilla Bark, et Bark se devina un peu plus
important sur terre, à cause d'un enfant faible
qui lui avait dû de sourire. Il commençait
d'entrevoir quelque chose et marchait maintenant à grands pas.

« Que cherches-tu? demandait Abdallah.

— Rien », répondait Bark.

Mais quand il buta, au détour d'une rue, sur
un groupe d'enfants qui jouaient, il s'arrêta.
C'était ici. Il les regarda en silence. Puis, s'étant
écarté vers les échoppes juives, il revint les bras
chargés de présents. Abdallah s'irritait :

« Imbécile, garde ton argent! »

Mais Bark n'écoutait plus. Gravement, il fit
signe à chacun. Et les petites mains se tendirent
vers les jouets et les bracelets et les babouches
cousues d'or. Et chaque enfant, quand il tenait
bien son trésor, fuyait, sauvage.

Les autres enfants d'Agadir, apprenant la
nouvelle, accoururent vers lui : Bark les chaussa
de babouches d'or. Et dans les environs d'Agadir,
d'autres enfants, touchés à leur tour par cette rumeur. se levèrent et montèrent avec des cris vers
le dieu noir et, cramponnés à ses vieux vêtements
d'esclave, réclamèrent leur dû. Bark se ruinait.

Abdallah le crut « fou de joie ». Mais je crois qu'il ne s'agissait pas, pour Bark, de faire partager un trop-plein de joie.

Il possédait, puisqu'il était libre, les biens essentiels, le droit de se faire aimer, de marcher vers le nord ou le sud et de gagner son pain par son travail. A quoi bon cet argent... Alors qu'il éprouvait, comme on éprouve une faim profonde, le besoin d'être un homme parmi les hommes, lié aux hommes. Les danseuses d'Agadir s'étaient montrées tendres pour le vieux Bark, mais il avait pris congé d'elles sans effort, comme il était venu; elles n'avaient pas besoin de lui. Ce serveur de l'échoppe arabe, ces passants dans les rues, tous respectaient en lui l'homme libre, partageaient avec lui leur soleil à égalité, mais aucun n'avait montré non plus qu'il eût besoin de lui. Il était libre, mais infiniment, jusqu'à ne plus se sentir peser sur terre. Il lui manquait ce poids des relations humaines qui entrave la marche, ces larmes, ces adieux, ces reproches, ces joies, tout ce qu'un homme caresse ou déchire chaque fois qu'il ébauche un geste, ces mille liens qui l'attachent aux autres, et le rendent lourd. Mais sur Bark pesaient déjà mille espérances...

Et le règne de Bark commençait dans cette
gloire du soleil couchant sur Agadir, dans cette
fraîcheur qui si longtemps avait été pour lui la
seule douceur à attendre, la seule étable. Et
comme approchait l'heure du départ, Bark
s'avançait, baigné de cette marée d'enfants,
comme autrefois de ses brebis, creusant son
premier sillage dans le monde. Il rentrerait,
demain, dans la misère des siens, responsable
de plus de vies que ses vieux bras n'en sauraient
peut-être nourrir, mais déjà il pesait ici de son
vrai poids. Comme un archange trop léger pour
vivre de la vie des hommes, mais qui eût tri-
ché, qui eût cousu du plomb dans sa ceinture,
Bark faisait des pas difficiles, tiré vers le sol
par mille enfants, qui avaient tellement besoin
de babouches d'or.

VII

Tel est le désert. Un Coran, qui n'est qu'une
règle de jeu, en change le sable en Empire. Au
fond d'un Sahara qui serait vide, se joue une

pièce secrète, qui remue les passions des
hommes. La vraie vie du désert n'est pas faite
d'exodes de tribus à la recherche d'une herbe à
paître, mais du jeu qui s'y joue encore Quelle
différence de matière entre le sable soumis et
l'autre! Et n'en est-il pas ainsi pour tous les
hommes? En face de ce désert transfiguré je
me souviens des jeux de mon enfance, du parc
sombre et doré que nous avions peuplé de
dieux, du royaume sans limites que nous tirions
de ce kilomètre carré jamais entièrement connu,
jamais entièrement fouillé. Nous formions une
civilisation close, où les pas avaient un goût,
où les choses avaient un sens qui n'étaient permis dans aucune autre. Que reste-t-il lorsque,
devenu homme, on vit sous d'autres lois, du
parc plein d'ombre de l'enfance, magique, glacé,
brûlant, dont maintenant, lorsque l'on y revient,
on longe avec une sorte de désespoir, de l'extérieur, le petit mur de pierres grises, s'étonnant
de trouver fermée dans une enceinte aussi
étroite, une province dont on avait fait son
infini, et comprenant que dans cet infini on ne
rentrera jamais plus, car c'est dans le jeu, et non
dans le parc, qu'il faudrait rentrer.

Mais il n'est plus de dissidence. Cap Juby,

Cisneros, Puerto Cansado, la Saguet-El-Hamra,
Dora, Smarra, il n'est plus de mystère. Les
horizons vers lesquels nous avons couru se sont
éteints l'un après l'autre, comme ces insectes
qui perdent leurs couleurs une fois pris au
piège des mains tièdes. Mais celui qui les poursuivait n'était pas le jouet d'une illusion. Nous
ne nous trompions pas, quand nous courions
ces découvertes. Le sultan des Milles et Une
Nuits non plus, qui poursuivait une matière
si subtile, que ses belles captives, une à une,
s'éteignaient à l'aube dans ses bras, ayant perdu,
à peine touchées, l'or de leurs ailes. Nous nous
sommes tourris de la magie des sables, d'autres
peut-être y creuseront leurs puits de pétrole, et
s'enrichiront de leurs marchandises. Mais ils
seront venus trop tard. Car les palmeraies interdites, ou la poudre vierge des coquillages, nous
ont livré leur part la plus précieuse : elles n'offraient qu'une heure de ferveur, et c'est nous
qui l'avons vécue.

•

Le désert ? Il m'a été donné de l'aborder un
jour par le cœur. Au cours d'un raid vers l'Indo-

chine, en 1935, je me suis retrouvé en Egypte, sur les confins de la Libye, pris dans les sables comme dans une glu, et j'ai cru en mourir. Voici l'histoire.

VII

AU CENTRE DU DÉSERT

▮

En abordant la Méditerranée j'ai rencontré des nuages bas. Je suis descendu à vingt mètres. Les averses s'écrasent contre le pare-brise et la mer semble fumer. Je fais de grands efforts pour apercevoir quelque chose et ne point tamponner un mât de navire.

Mon mécanicien, André Prévot, m'allume des cigarettes.

« Café... »

Il disparaît à l'arrière de l'avion et revient avec le thermos. Je bois. Je donne de temps en temps des chiquenaudes à la manette des gaz pour bien maintenir deux mille cent tours.

Je balaie d'un coup d'œil mes cadrans : mes
sujets sont obéissants, chaque aiguille est bien
à sa place. Je jette un coup d'œil sur la mer qui,
sous la pluie, dégage des vapeurs, comme une
grande bassine chaude. Si j'étais en hydravion,
je regretterais qu'elle soit si « creuse ». Mais
je suis en avion. Creuse ou non je ne puis
m'y poser. Et cela me procure, j'ignore pourquoi, un absurde sentiment de sécurité. La mer
fait partie d'un monde qui n'est pas le mien.
La panne, ici, ne me concerne pas, ne me
menace même pas : je ne suis point gréé pour
la mer.

Après une heure trente de vol la pluie
s'apaise. Les nuages sont toujours très bas, mais
la lumière les traverse déjà comme un grand
sourire. J'admire cette lente préparation du
beau temps. Je devine, sur ma tête, une faible
épaisseur de coton blanc. J'oblique pour éviter
un grain : il n'est plus nécessaire d'en traverser
le cœur. Et voici la première déchirure...

J'ai pressenti celle-ci sans la voir, car j'aperçois, en face de moi, sur la mer, une longue
traînée couleur de prairie, une sorte d'oasis
d'un vert lumineux et profond, pareil à celui
de ces champs d'orge qui me pinçaient le

cœur, dans le Sud-Marocain, quand je remontais du Sénégal après trois mille kilomètres de sable. Ici aussi j'ai le sentiment d'aborder une province habitable, et je goûte une gaieté légère. Je me retourne vers Prévot :

« C'est fini, ça va bien!

— Oui, ça va bien... »

Tunis. Pendant le plein d'essence, je signe des papiers. Mais à l'instant où je quitte le bureau j'entends comme un « plouf! » de plongeon. Un de ces bruits sourds, sans écho. Je me rappelle à l'instant même avoir entendu un bruit semblable : une explosion dans un garage. Deux hommes étaient morts de cette toux rauque. Je me retourne vers la route qui longe la piste : un peu de poussière fume, deux voitures rapides se sont tamponnées, prises tout à coup dans l'immobilité comme dans les glaces. Des hommes courent vers elles, d'autres courent à nous :

« Téléphonez... Un médecin... La tête... »

J'éprouve un serrement au cœur. La fatalité, dans la calme lumière du soir, vient de réussir un coup de main. Une beauté ravagée, une intelligence, ou une vie... Les pirates ainsi ont che-

miné dans le désert, et personne n'a entendu
leur pas élastique sur le sable. Ç'a été, dans le
campement, la courte rumeur de la razzia.
Puis tout est retombé dans le silence doré. La
même paix, le même silence... Quelqu'un près
de moi parle d'une fracture du crâne. Je ne veux
rien savoir de ce front inerte et sanglant, je
tourne le dos à la route et rejoins mon avion.
Mais je conserve au cœur une impression de
menace. Et ce bruit-là je le reconnaîtrai tout à
l'heure. Quand je raclerai mon plateau noir à
deux cent soixante-dix kilomètres-heure je
reconnaîtrai la même toux rauque : le même
« han »! du destin, qui nous attendait au ren-
dez-vous.

En route pour Benghazi.   -

II

En route. Deux heures de jour encore. J'ai
déjà renoncé à mes lunettes noires quand
j'aborde la Tripolitaine. Et le sable se dore.
Dieu que cette planète est donc déserte! Une

fois de plus, les fleuves, les ombrages et les habitations des hommes m'y paraissent dus à des conjonctions d'heureux hasard. Quelle part de roc et de sable!

Mais tout cela m'est étranger, je vis dans le domaine du vol. Je sens venir la nuit où l'on s'enferme comme dans un temple. Où l'on s'enferme, aux secrets de rites essentiels, dans une méditation sans secours. Tout ce monde profane s'efface déjà et va disparaître. Tout ce paysage est encore nourri de lumière blonde, mais quelque chose déjà s'en évapore. Et je ne connais rien, je dis : rien, qui vaille cette heure-là. Et ceux-là me comprennent bien, qui ont subi l'inexplicable amour du vol.

Je renonce donc peu à peu au soleil. Je renonce aux grandes surfaces dorées qui m'eussent accueilli en cas de panne... Je renonce aux repères qui m'eusent guidé. Je renonce aux profils des montagnes sur le ciel qui m'eussent évité les écueils. J'entre dans la nuit. Je navigue. Je n'ai plus pour moi que les étoiles...

Cette mort du monde se fait lentement. Et c'est peu à peu que me manque la lumière. La terre et le ciel se confondent peu à peu. Cette terre monte et semble se répandre comme une

vapeur. Les premiers astres tremblent comme
dans une eau verte. Il faudra attendre longtemps encore pour qu'ils se changent en dia-
mants durs. Il me faudra attendre longtemps
encore pour assister aux jeux silencieux des
étoiles filantes. Au cœur de certaines nuits,
j'ai vu tant de flammèches courir qu'il me
semblait que soufflait un grand vent parmi les
étoiles.

Prévot fait les essais des lampes fixes et des
lampes de secours. Nous entourons les ampoules
de papier rouge.

« Encore une épaisseur... »

Il ajoute une couche nouvelle, touche un
contact. La lumière est encore trop claire. Elle
voilerait, comme chez le photographe, la pâle
image du monde extérieur. Elle détruirait cette
pulpe légère qui, la nuit parfois, s'attache encore
aux choses. Cette nuit s'est faite. Mais ce n'est
pas encore la vraie vie. Un croissant de lune
subsiste. Prévot s'enfonce vers l'arrière et revient
avec un sandwich. Je grignote une grappe de
raisin. Je n'ai pas faim. Je n'ai ni faim ni
soif. Je ne ressens aucune fatigue, il me semble
que je piloterais ainsi pendant dix années.

La lune est morte.

Benghazi s'annonce dans la nuit noire. Benghazi repose au fond d'une obscurité si profonde qu'elle ne s'orne d'aucun halo. J'ai aperçu la ville quand je l'atteignais. Je cherchais le terrain, mais voici que son balisage rouge s'allume. Les feux découpent un rectangle noir. Je vire. La lumière d'un phare braqué vers le ciel monte droit comme un jet d'incendie, pivote et trace sur le terrain une route d'or. Je vire encore pour bien observer les obstacles. L'équipement nocturne de cette escale est admirable. Je réduis et commence ma plongée comme dans l'eau noire.

Il est 23 heures locales quand j'atterris. Je roule vers le phare. Officiers et soldats les plus courtois du monde passent de l'ombre à la lumière dure du projecteur, tour à tour visibles et invisibles. On me prend mes papiers, on commence le plein d'essence. Mon passage sera réglé en vingt minutes.

« Faites un virage et passez au-dessus de nous, sinon nous ignorerions si le décollage s'est bien terminé. »

En route.

Je roule sur cette route d'or, vers une trouée

sans obstacles. Mon avion, type « Simoun »,
décolle sa surcharge bien avant d'avoir épuisé
l'aire disponible. Le projecteur me suit et je
suis gêné pour virer. Enfin, il me lâche, on a
deviné qu'il m'éblouissait. Je fais demi-tour à
la verticale, lorsque le projecteur me frappe de
nouveau au visage, mais à peine m'a-t-il touché, il me fuit et dirige ailleurs sa longue
flûte d'or. Je sens, sous ces ménagements, une
extrême courtoisie. Et maintenant je vire encore
vers le désert.

Les météos de Paris, Tunis et Benghazi
m'ont annoncé un vent arrière de trente à quarante kilomètres-heure. Je compte sur trois cents
kilomètres-heure de croisière. Je mets le cap sur
le milieu du segment de droite qui joint Alexan-
drie au Caire. J'éviterai ainsi les zones interdites de la côte et, malgré les dérives inconnues
que je subirai, je serai accroché, soit à ma
droite, soit à ma gauche, par les feux de l'une
ou l'autre de ces villes ou, plus généralement,
par ceux de la vallée du Nil. Je naviguerai
trois heures vingt si le vent n'a point varié.
Trois heures quarante-cinq s'il a faibli. Et je
commence à absorber mille cinquante kilomètres de désert.

Plus de lune. Un bitume noir qui s'est dilaté jusqu'aux étoiles. Je n'apercevrai pas un feu, je ne bénéficierai d'aucun repère, faute de radio je ne recevrai pas un signe de l'homme avant le Nil. Je ne tente même pas d'observer autre chose que mon compas et mon sperry. Je ne m'intéresse plus à rien, sinon à la lente période de respiration, sur l'écran sombre de l'instrument, d'une étroite ligne de radium. Quand Prévot se déplace, je corrige doucement les variations du centrage. Je m'élève à deux mille là où les vents, m'a-t-on signalé, sont favorables. A longs intervalles j'allume une lampe pour observer les cadrans-moteur qui ne sont pas tous lumineux, mais la majeure partie du temps je m'enferme bien dans le noir, parmi mes minuscules constellations qui répandent la même lumière minérale que les étoiles, la même lumière inusable et secrète, et qui parlent le même langage. Moi aussi, comme les astronomes, je lis un livre de mécanique céleste. Moi aussi je me sens studieux et pur. Tout s'est éteint dans le monde extérieur. Il y a Prévot qui s'endort, après avoir bien résisté, et je goûte mieux ma solitude. Il y a le doux grondement du moteur et, en face de moi, sur la planche de bord, toutes ces étoiles calmes.

Je médite cependant. Nous ne bénéficions
point de la lune et nous sommes privés de radio.
Aucun lien, si ténu soit-il, ne nous liera plus au
monde jusqu'à ce que nous donnions du front
contre le filet de lumière du Nil. Nous sommes
hors de tout, et notre moteur seul nous suspend
et nous fait durer dans ce bitume. Nous tra-
versons la grande vallée noire des contes de
fées, celle de l'épreuve. Ici point de secours.
Ici point de pardon pour les erreurs. Nous
sommes livrés à la discrétion de Dieu.

Un rai de lumière filtre d'un joint du standard électrique. Je réveille Prévot pour qu'il
l'éteigne. Prévot remue dans l'ombre comme un
ours, s'ébroue, s'avance. Il s'absorbe dans je ne
sais quelle combinaison de mouchoirs et de
papier noir. Mon rai de lumière a disparu. Il
formait cassure dans ce monde. Il n'était point
de la même qualité que la pâle et lointaine
lumière du radium. C'était une lumière de boîte
de nuit et non une lumière d'étoile. Mais surtout
il m'éblouissait, effaçait les autres lueurs.

Trois heures de vol. Une clarté qui me paraît
vive jaillit sur ma droite. Je regarde. Un long
sillage lumineux s'accroche à la lampe de bout

d'aile, qui, jusque-là, m'était demeurée invisible.
C'est une lueur intermittente, tantôt appuyée,
tentôt effacée : voici que je rentre dans un
nuage. C'est lui qui réfléchit ma lampe. A proxi-
mité de mes repères j'eusse préféré un ciel pur.
L'aile s'éclaire sous le halo. La lumière s'installe,
et se fixe, et rayonne, et forme là-bas un bouquet rose. Des remous profonds me basculent.
Je navigue quelque part dans le vent d'un cumulus dont je ne connais pas l'épaisseur. Je
m'élève jusqu'à deux mille cinq et n'émerge
pas. Je redescends à mille mètres. Le bouquet
de fleurs est toujours présent, immobile et de
plus en plus éclatant. Bon. Ça va. Tant pis. Je
pense à autre chose. On verra bien quand on
en sortira. Mais je n'aime pas cette lumière de
mauvaise auberge.

Je calcule : « Ici je danse un peu, et c'est nor-
mal, mais j'ai subi des remous tout le long de
ma route malgré le ciel pur et l'altitude. Le
vent n'est point calmé, et je dois dépasser la
vitesse de trois cents kilomètres-heure. » Après
tout, je ne sais rien de bien précis, j'essaierai
de me repérer quand je sortirai du nuage.

Et l'on en sort. Le bouquet s'est brusquement évanoui. C'est sa disparition qui m'an-

nonce l'événement. Je regarde vers l'avant et j'aperçois, autant que l'on peut rien apercevoir, une étroite vallée de ciel et le mur du prochain cumulus. Le bouquet déjà s'est ranimé.

Je ne sortirai plus de cette glu, sauf pour quelques secondes. Après trois heures trente de vol elle commence à m'inquiéter, car je me rapproche du Nil si j'avance comme je l'imagine. Je pourrai peut-être l'apercevoir, avec un peu de chance, à travers les couloirs, mais ils ne sont guère nombreux. Je n'ose pas descendre encore : si, par hasard, je suis moins rapide que je ne le crois, je survole encore des terres élevées.

Je n'éprouve toujours aucune inquiétude, je crains simplement de risquer une perte de temps. Mais je fixe une limite à ma sérénité : quatre heures quinze de vol. Après cette durée, même par vent nul, et le vent nul est improbable, j'aurai dépassé la vallée du Nil.

Quand je parviens aux franges du nuage, le bouquet lance des feux à éclipses de plus en plus précipités, puis s'éteint d'un coup. Je n'aime pas ces communications chiffrées avec les démons de la nuit.

Une étoile verte émerge devant moi, rayon-

nante comme un phare. Est-ce une étoile ou
est-ce un phare? Je n'aime pas non plus cette
clarté surnaturelle, cet astre de roi mage, cette
invitation dangereuse.

Prévot s'est réveillé et éclaire les cadrans-
moteur. Je les repousse, lui et sa lampe. Je
viens d'aborder cette faille entre deux nuages,
et j'en profite pour regarder sous moi. Prévot
se rendort.

Il n'y a d'ailleurs rien à regarder.

Quatre heures cinq de vol. Prévot est venu
s'asseoir auprès de moi :

« On devrait arriver au Caire...

— Je pense bien...

— Est-ce une étoile ça, ou un phare? »

J'ai réduit un peu mon moteur, c'est sans
doute ce qui a réveillé Prévot. Il est sensible à
toutes les variations des bruits du vol. Je commence une descente lente, pour me glisser sous
la masse des nuages.

Je viens de consulter ma carte. De toute
façon j'ai abordé les cotes O : je ne risque rien.
Je descends toujours et vire plein nord. Ainsi
je recevrai, dans mes fenêtres, les feux des
villes. Je les ai sans doute dépassées, elles m'ap-
paraîtront donc à gauche. Je vole maintenant

sous les cumulus. Mais je longe un autre nuage qui descend plus bas sur ma gauche. Je vire pour ne pas me laisser prendre dans son filet, je fais du nord-nord-est.

Ce nuage descend indubitablement plus bas, et me masque tout l'horizon. Je n'ose plus perdre d'altitude. J'ai atteint la cote 400 de mon altimètre, mais j'ignore ici la pression. Prévot se penche. Je lui crie : « Je vais filer jusqu'à la mer, j'achèverai de descendre en mer, pour ne pas emboutir... »

Rien ne prouve d'ailleurs que je n'ai point déjà dérivé en mer. L'obscurité sous ce nuage est très exactement impénétrable. Je me serre contre ma fenêtre. J'essaie de lire sous moi. J'essaie de découvrir des feux, des signes. Je suis un homme qui fouille des cendres. Je suis un homme qui s'efforce de retrouver les braises de la vie au fond d'un âtre.

« Un phare marin! »

Nous l'avons vu en même temps ce piège à éclipse! Quelle folie! Où était-il ce phare fantôme, cette invention de la nuit? Car c'est à la seconde même où Prévot et moi nous nous penchions pour le retrouver, à trois cents mètres sous nos ailes, que brusquement...

« Ah! »

Je crois bien n'avoir rien dit d'autre. Je crois
bien n'avoir rien ressenti d'autre qu'un formi-
dable craquement qui ébranla notre monde sur
ses bases. A deux cent soixante-dix kilomètres-
heure nous avons embouti le sol.

Je crois bien ne rien avoir attendu d'autre,
pour le centième de seconde qui suivait, que la
grande étoile pourpre de l'explosion où nous
allions tous les deux nous confondre. Ni Prévot ni moi n'avons ressenti la moindre émo-
tion. Je n'observais en moi qu'une attente
démesurée, l'attente de cette étoile resplendis-
sante où nous devions, dans la seconde même,
nous évanouir. Mais il n'y eut point d'étoile
pourpre. Il y eut une sorte de tremblement de
terre qui ravagea notre cabine, arrachant les
fenêtres, expédiant des tôles à cent mètres,
remplissant jusqu'à nos entrailles de son grondement. L'avion vibrait comme un couteau
planté de loin dans le bois dur. Et nous étions
brassés par cette colère. Une seconde, deux
secondes... L'avion tremblait toujours et j'attendais avec une impatience monstrueuse, que ses
provisions d'énergie le fissent éclater comme
une grenade. Mais les secousses souterraines se

prolongeaient sans aboutir à l'éruption définitive. Et je ne comprenais rien à cet invisible
travail. Je ne comprenais ni ce tremblement, ni
cette colère, ni ce délai interminable... cinq
secondes, six secondes... Et, brusquement, nous
éprouvâmes une sensation de rotation, un choc
qui projeta encore par la fenêtre nos cigarettes,
pulvérisant l'aile droite, puis rien. Rien qu'une
immobilité glacée. Je criais à Prévot :

« Sautez vite! »

Il criait en même temps :

« Le feu! »

Et déjà nous avions basculé par la fenêtre
arrachée. Nous étions debout à vingt mètres.
Je disais à Prévot :

« Point de mal? »

Il me répondait :

« Point de mal! »

Mais il se frottait le genou.

Je lui disais :

« Tâtez-vous, remuez, jurez-moi que vous
n'avez rien de cassé... »

Et il me répondait :

« Ce n'est rien, c'est la pompe de secours... »

Moi, je pensais qu'il allait s'écrouler brusquement, ouvert de la tête au nombril, mais il me répétait, les yeux fixes :

« C'est la pompe de secours!... »

Moi, je pensais : le voilà fou, il va danser...

Mais, détournant enfin son regard de l'avion qui, désormais, était sauvé du feu, il me regarda et reprit :

« Ce n'est rien, c'est la pompe de secours qui m'a accroché au genou. »

III

Il est inexplicable que nous soyons vivants. Je remonte, ma lampe électrique à la main, les traces de l'avion sur le sol. A deux cent cinquante mètres de son point d'arrêt nous retrouvons déjà des ferrailles tordues et des tôles dont, tout le long de son parcours, il a éclaboussé le sable. Nous saurons, quand viendra le jour, que nous avons tamponné presque tangentiellement une pente douce au sommet d'un plateau désert. Au point d'impact un trou dans le sable ressemble à celui d'un soc de charrue.

L'avion, sans culbuter, a fait son chemin sur
le ventre avec une colère et des mouvements
de queue de reptile. A deux cent soixante-dix
kilomètres-heure il a rampé. Nous devons sans
doute notre vie à ces pierres noires et rondes,
qui roulent librement sur le sable et qui ont
formé plateau à billes.

Prévot débranche les accumulateurs pour
éviter un incendie tardif par court-circuit. Je
me suis adossé au moteur et je réfléchis : j'ai
pu subir, en altitude, pendant quatre heures
quinze, un vent de cinquante kilomètres-heure,
j'étais en effet secoué. Mais, s'il a varié depuis
les prévisions, j'ignore tout de la direction qu'il
a prise. Je me situe donc dans un carré de
quatre cents kilomètres de côté.

Prévot vient s'asseoir à côté de moi, et il me
dit :

« C'est extraordinaire d'être vivants... »

Je ne lui réponds rien et je n'éprouve aucune
joie. Il m'est venu une petite idée qui fait son
chemin dans ma tête et me tourmente déjà
légèrement.

Je prie Prévot d'allumer sa lampe pour former repère, et je m'en vais droit devant moi,
ma lampe électrique à la main. Avec attention

je regarde le sol. J'avance lentement, je fais un large demi-cercle, je change plusieurs fois d'orientation. Je fouille toujours le sol comme si je cherchais une bague égarée. Tout à l'heure ainsi je cherchais la braise. J'avance toujours dans l'obscurité, penché sur le disque blanc que je promène. C'est bien ça... c'est bien ça... Je remonte lentement vers l'avion. Je m'assois près de la cabine et je médite. Je cherchais une raison d'espérer et ne l'ai point trouvée. Je cherchais un signe offert par la vie, et la vie ne m'a point fait signe.

« Prévot, je n'ai pas vu un seul brin d'herbe... »

Prévot se tait, je ne sais pas s'il m'a compris. Nous en reparlerons au lever du rideau, quand viendra le jour. J'éprouve seulement une grande lassitude, je pense : « A quatre cents kilomètres près, dans le désert!... » Soudain je saute sur mes pieds :

« L'eau! »

Réservoirs d'essence, réservoirs d'huile sont crevés. Nos réserves d'eau le sont aussi. Le sable a tout bu. Nous retrouvons un demi-litre de café au fond d'un thermos pulvérisé, un quart de litre de vin blanc au fond d'un autre. Nous

filtrons ces liquides et nous les mélangeons.
Nous retrouvons aussi un peu de raisin et une
orange. Mais je calcule : « En cinq heures de
marche, sous le soleil, dans le désert, on épuise
ça... »

Nous nous installons dans la cabine pour
attendre le jour. Je m'allonge, je vais dormir.
Je fais en m'endormant le bilan de notre aventure : nous ignorons tout de notre position.
Nous n'avons pas un litre de liquide. Si nous
sommes situés à peu près sur la ligne droite,
on nous retrouvera en huit jours, nous ne pouvons guère espérer mieux, et il sera trop tard.
Si nous avons dérivé en travers, on nous trou-
vera en six mois. Il ne faut pas compter sur les
avions : ils nous rechercheront sur trois mille
kilomètres.

« Ah! c'est dommage..., me dit Prévot.

— Pourquoi?

— On pouvait si bien en finir d'un coup!... »

Mais il ne faut pas abdiquer si vite. Prévot et
moi nous nous ressaisissons. Il ne faut pas
perdre la chance, aussi faible qu'elle soit, d'un
sauvetage miraculeux par voie des airs. Il ne
faut pas, non plus, rester sur place, et manquer
peut-être l'oasis proche. Nous marcherons

aujourd'hui tout le jour. Et nous reviendrons
à notre appareil. Et nous inscrirons, avant de
partir, notre programme en grandes majuscules
sur le sable.

Je me suis donc roulé en boule et je vais dormir jusqu'à l'aube. Et je suis très heureux de
m'endormir. Ma fatigue m'enveloppe d'une
multiple présence. Je ne suis pas seul dans le
désert, mon demi-sommeil est peuplé de voix,
de souvenirs et de confidences chuchotées. Je
n'ai pas soif encore, je me sens bien, je me livre
au sommeil comme à l'aventure. La réalité
perd du terrain devant le rêve...

Ah! ce fut bien différent quand vint le jour!

IV

J'ai beaucoup aimé le Sahara. J'ai passé des
nuits en dissidence. Je me suis réveillé dans
cette étendue blonde où le vent a marqué sa
houle comme sur la mer. J'y ai attendu des
secours en dormant sous mon aile, mais ce
n'était point comparable.

Nous marchons au versant de collines courbes. Le sol est composé de sable entièrement recouvert d'une seule couche de cailloux brillants et noirs. On dirait des écailles de métal, et tous les dômes qui nous entourent brillent comme des armures. Nous sommes tombés dans un monde minéral. Nous sommes enfermés dans un paysage de fer.

La première crête franchie, plus loin s'annonce une autre crête semblable, brillante et noire. Nous marchons en raclant la terre de nos pieds, pour inscrire un fil conducteur, afin de revenir plus tard. Nous avançons face au soleil. C'est contre toute logique que j'ai décidé de faire du plein est, car tout m'incite à croire que j'ai franchi le Nil : la météo, mon temps de vol. Mais j'ai fait une courte tentative vers l'ouest et j'ai éprouvé un malaise que je ne me suis point expliqué. J'ai alors remis l'ouest à demain. Et j'ai provisoirement sacrifié le nord qui cependant mène à la mer. Trois jours plus tard, quand nous déciderons, dans un demi-délire, d'abandonner définitivement notre appareil et de marcher droit devant nous jusqu'à la chute, c'est encore vers l'est que nous partirons. Plus exactement vers l'est-nord-est. Et ceci encore contre toute raison, de même que contre tout espoir. Et nous découvrirons, une fois sauvés, qu'aucune autre direction ne nous eût permis de revenir, car vers le nord, trop épuisés, nous n'eussions pas non plus atteint la mer. Aussi absurde que cela me paraisse, il me semble aujourd'hui que, faute d'aucune indication qui pût peser sur notre choix, j'ai choisi cette direction pour la seule raison qu'elle avait sauvé mon ami Guillaumet dans les Andes, où je l'ai tant cherché. Elle était devenue, pour moi, confusément, la direction de la vie.

Après cinq heures de marche le paysage change. Une rivière de sable semble couler dans une vallée et nous empruntons ce fond de vallée. Nous marchons à grands pas, il nous faut aller le plus loin possible et revenir avant la nuit, si nous n'avons rien découvert. Et tout à coup je stoppe :

« Prévot.

— Quoi?

— Les traces... »

Depuis combien de temps avons-nous oublié de laisser derrière nous un sillage? Si nous ne le retrouvons pas, c'est la mort.

Nous faisons demi-tour, mais en obliquant

sur la droite. Lorsque nous serons assez loin,
nous virerons perpendiculairement à notre
direction première, et nous recouperons nos
traces, là où nous les marquions encore.

Ayant renoué ce fil nous repartons. La chaleur monte, et, avec elle, naissent les mirages.
Mais ce ne sont encore que des mirages élémentaires. De grands lacs se forment, et s'éva-
nouissent quand nous avançons. Nous décidons de franchir la vallée de sable, et de faire
l'escalade du dôme le plus élevé afin d'observer
l'horizon. Nous marchons déjà depuis six
heures. Nous avons dû, à grandes enjambées,
totaliser trente-cinq kilomètres. Nous sommes
parvenus au faîte de cette croupe noire, où
nous nous asseyons en silence. Notre vallée de
sable, à nos pieds, débouche dans un désert de
sable sans pierres, dont l'éclatante lumière
blanche brûle les yeux. A perte de vue c'est le
vide. Mais, à l'horizon, des jeux de lumière
composent des mirages déjà plus troublants.
Forteresses et minarets, masses géométriques à
lignes verticales. J'observe aussi une grande
tache noire qui simule la végétation, mais elle
est surplombée par le dernier de ces nuages
qui se sont dissous dans le jour et qui vont

renaître ce soir. Ce n'est que l'ombre d'un cumulus.

Il est inutile d'avancer plus, cette tentative ne conduit nulle part. Il faut rejoindre notre avion, cette balise rouge et blanche qui, peut-être, sera repérée par les camarades. Bien que je ne fonde point d'espoir sur ces recherches, elles m'apparaissent comme la seule chance de salut. Mais surtout nous avons laissé là-bas nos dernières gouttes de liquide, et déjà il nous faut absolument les boire. Il nous faut revenir pour vivre. Nous sommes prisonniers de ce cercle de fer : la courte autonomie de notre soif.

Mais qu'il est difficile de faire demi-tour quand on marcherait peut-être vers la vie! Au-delà des mirages, l'horizon est peut-être riche de cités véritables, de canaux d'eau douce et de prairies. Je sais que j'ai raison de faire demi-tour. Et j'ai, cependant, l'impression de sombrer, quand je donne ce terrible coup de barre.

Nous nous sommes couchés auprès de l'avion. Nous avons parcouru plus de soixante kilomètres. Nous avons épuisé nos liquides.

Nous n'avons rien reconnu vers l'est et aucun
camarade n'a survolé ce territoire. Combien de
temps résisterons-nous? Nous avons déjà tellement soif...

Nous avons bâti un grand bûcher, en em-
pruntant quelques débris à l'aile pulvérisée.
Nous avons préparé l'essence et les tôles de
magnésium qui donnent un dur éclat blanc.
Nous avons attendu que la nuit fût bien noire
pour allumer notre incendie... Mais où sont les
hommes?

Maintenant la flamme monte. Religieuse-
ment nous regardons brûler notre fanal dans le
désert. Nous regardons resplendir dans la nuit
notre silencieux et rayonnant message. Et je
pense que s'il emporte un appel déjà pathétique, il emporte aussi beaucoup d'amour. Nous
demandons à boire, mais nous demandons aussi
à communiquer. Qu'un autre feu s'allume dans
la nuit, les hommes seuls disposent du feu,
qu'ils nous répondent!

Je revois les yeux de ma femme. Je ne verrai
rien de plus que ces yeux. Ils interrogent. Je
revois les yeux de tous ceux qui, peut-être,
tiennent à moi. Et ces yeux interrogent. Toute
une assemblée de regards me reproche mon

silence. Je réponds! Je réponds! Je réponds de
toutes mes forces, je ne puis jeter, dans la nuit,
de flamme plus rayonnante!

J'ai fait ce que j'ai pu. Nous avons fait ce
que nous avons pu : soixante kilomètres presque
sans boire. Maintenant nous ne boirons plus.
Est-ce notre faute si nous ne pouvons pas
attendre bien longtemps? Nous serions restés
là, si sagement, à téter nos gourdes. Mais dès
la seconde où j'ai aspiré le fond du gobelet
d'étain, une horloge s'est mise en marche. Dès
la seconde où j'ai sucé la dernière goutte,
j'ai commencé à descendre une pente. Qu'y
puis-je si le temps m'emporte comme un fleuve?
Prévot pleure. Je lui tape sur l'épaule. Je lui
dis, pour le consoler :

« Si on est foutus, on est foutus. »

Il me répond :

« Si vous croyez que c'est sur moi que je
pleure... »

Eh! bien sûr, j'ai déjà découvert cette évidence. Rien n'est intolérable. J'apprendrai demain, et après-demain, que rien décidément
n'est intolérable. Je ne crois qu'à demi au supplice. Je me suis déjà fait cette réflexion. J'ai

cru un jour me noyer, emprisonné dans une
cabine, et je n'ai pas beaucoup souffert. J'ai
cru parfois me casser la figure et cela ne m'a
point paru un événement considérable. Ici non
plus je ne connaîtrai guère l'angoisse. Demain
j'apprendrai là-dessus des choses plus étranges
encore. Et Dieu sait si, malgré mon grand feu,
j'ai renoncé à me faire entendre des hommes!...

« Si vous croyez que c'est sur moi... » Oui,
oui, voilà qui est intolérable. Chaque fois que
je revois ces yeux qui attendent, je ressens une
brûlure. L'envie soudaine me prend de me
lever et de courir droit devant moi. Là-bas on
crie au secours, on fait naufrage!

C'est un étrange renversement des rôles,
mais j'ai toujours pensé qu'il en était ainsi.
Cependant j'avais besoin de Prévot pour en
être tout à fait assuré. Eh bien, Prévot ne
connaîtra point non plus cette angoisse devant
la mort dont on nous rebat les oreilles. Mais il
est quelque chose qu'il ne supporte pas, ni moi
non plus.

Ah! J'accepte bien de m'endormir, de m'endormir ou pour la nuit ou pour des siècles. Si
je m'endors je ne sais point la différence. Et
puis quelle paix! Mais ces cris que l'on va pous-

ser là-bas, ces grandes flammes de désespoir...
je n'en supporte pas l'image. Je ne puis pas me
croiser les bras devant ces naufrages! Chaque
seconde de silence assassine un peu ceux que
j'aime. Et une grande rage chemine en moi :
pourquoi ces chaînes qui m'empêchent d'arriver à temps et de secourir ceux qui sombrent?
Pourquoi notre incendie ne porte-t-il pas notre
cri au bout du monde? Patience!... Nous arrivons!... Nous arrivons!... Nous sommes les sauveteurs!

Le magnésium est consumé et notre feu rou-
git. Il n'y a plus ici qu'un tas de braise sur
lequel, penchés, nous nous réchauffons. Fini
notre grand message lumineux. Qu'a-t-il mis en
marche dans le monde? Eh! je sais bien qu'il
n'a rien mis en marche. Il s'agissait là d'une
prière qui n'a pu être entendue.

C'est bien. J'irai dormir.

v

Au petit jour, nous avons recueilli sur les
ailes, en les essuyant avec un chiffon, un fond
de verre de rosée mêlée de peinture et d'huile.
C'était écœurant, mais nous l'avons bu. Faute
de mieux nous aurons au moins mouillé nos
lèvres. Après ce festin, Prévot me dit :

« Il y a heureusement le revolver. »

Je me sens brusquement agressif, et je me
retourne vers lui avec une méchante hostilité.
Je ne haïrais rien autant, en ce moment-ci,
qu'une effusion sentimentale. J'ai un extrême
besoin de considérer que tout est simple. Il est
simple de naître. Et simple de grandir. Et
simple de mourir de soif.

Et du coin de l'œil j'observe Prévot, prêt à le
blesser si c'est nécessaire, pour qu'il se taise.
Mais Prévot m'a parlé avec tranquillité. Il a
traité une question d'hygiène. Il a abordé ce
sujet comme il m'eût dit : « Il faudrait nous
laver les mains. » Alors nous sommes d'accord.

J'ai déjà médité hier en apercevant la gaine de cuir. Mes réflexions étaient raisonnables et non pathétiques. Il n'y a que le social qui soit pathétique. Notre impuissance à rassurer ceux dont nous sommes responsables. Et non le revolver.

On ne nous cherche toujours pas, ou, plus exactement, on nous cherche sans doute ailleurs. Probablement en Arabie. Nous n'entendrons d'ailleurs aucun avion avant demain, quand nous aurons déjà abandonné le nôtre. Cet unique passage, si lointain, nous laissera alors indifférents. Points noirs mêlés à mille points noirs dans le désert, nous ne pourrons prétendre être aperçus. Rien n'est exact des réflexions que l'on m'attribuera sur ce supplice. Je ne subirai aucun supplice. Les sauveteurs me paraîtront circuler dans un autre univers.

Il faut quinze jours de recherches pour retrouver dans le désert un avion dont on ne sait rien, à trois mille kilomètres près : or l'on nous cherche probablement de la Tripolitaine à la Perse. Cependant, aujourd'hui encore, je me réserve cette maigre chance, puisqu'il n'en est point d'autre. Et, changeant de tactique, je

décide de m'en aller seul en exploration. Prévot préparera un feu et l'allumera en cas de
visite, mais nous ne serons pas visités.

Je m'en vais donc, et je ne sais même pas si
j'aurai la force de revenir. Il me revient à la
mémoire ce que je sais du désert de Libye. Il
subsiste, dans le Sahara, 40 % d'humidité,
quand elle tombe ici à 18 %. Et la vie s'évapore
comme une vapeur. Les Bédouins, les voyageurs, les officiers coloniaux, enseignent que
l'on tient dix-neuf heures sans boire. Après
vingt heures les yeux se remplissent de lumière
et la fin commence : la marche de la soif est
foudroyante.

Mais ce vent du nord-est, ce vent anormal
qui nous a trompés, qui, à l'opposé de toute pré-
vision, nous a cloués sur ce plateau, maintenant
sans doute nous prolonge. Mais quel délai nous
accordera-t-il avant l'heure des premières lumières?

Je m'en vais donc, mais il me semble que je
m'embarque en canoë sur l'océan.

Et cependant, grâce à l'aurore, ce décor me
semble moins funèbre. Et je marche d'abord
les mains dans les poches, en maraudeur. Hier
soir nous avons tendu des collets à l'orifice de

quelques terriers mystérieux, et le braconnier
en moi se réveille. Je m'en vais d'abord vérifier
les pièges : ils sont vides.

Je ne boirai donc point de sang. A vrai dire
je ne l'espérais pas.

Si je ne suis guère déçu, par contre, je suis
intrigué. De quoi vivent-ils ces animaux, dans
le désert? Ce sont sans doute des « fénechs »
ou renards des sables, petits carnivores gros
comme des lapins et ornés d'énormes oreilles.
Je ne résiste pas à mon désir et je suis les traces
de l'un d'eux. Elles m'entraînent vers une
étroite rivière de sable où tous les pas s'im-
priment en clair. J'admire la jolie palme que
forment trois doigts en éventail. J'imagine mon
ami trottant doucement à l'aube, et léchant la
rosée sur les pierres. Ici les traces s'espacent :
mon fénech a couru. Ici un compagnon est
venu le rejoindre et ils ont trotté côte à côte.
J'assiste ainsi avec une joie bizarre à cette promenade matinale. J'aime ces signes de la vie. Et
j'oublie un peu que j'ai soif...

Enfin j'aborde les garde-manger de mes
renards. Il émerge ici au ras du sable, tous les
cent mètres, un minuscule arbuste sec de la
taille d'une soupière et aux tiges chargées de

petits escargots dorés. Le fénech, à l'aube, va
aux provisions. Et je me heurte ici à un grand
mystère naturel.

Mon fénech ne s'arrête pas à tous les arbustes.
Il en est, chargés d'escargots, qu'il dédaigne. Il
en est dont il fait le tour avec une visible cir-
conspection. Il en est qu'il aborde, mais sans les
ravager. Il en retire deux ou trois coquilles, puis
il change de restaurant.

Joue-t-il à ne pas apaiser sa faim d'un seul
coup, pour prendre un plaisir plus durable à sa
promenade matinale? Je ne le crois pas. Son
jeu coïncide trop bien avec une tactique indis-
pensable. Si le fénech se rassasiait des produits
du premier arbuste, il le dépouillerait, en deux
ou trois repas, de sa charge vivante. Et ainsi,
d'arbuste en arbuste, il anéantirait son éle-
vage. Mais le fénech se garde bien de gêner
l'ensemencement. Non seulement il s'adresse,
pour un seul repas, à une centaine de ces
touffes brunes, mais il ne prélève jamais deux
coquilles voisines sur la même branche. Tout
se passe comme s'il avait la conscience du risque.
S'il se rassasiait sans précaution, il n'y aurait
plus d'escargots. S'il n'y avait point d'escargots,
il n'y aurait point de fénechs.

Les traces me ramènent au terrier. Le fénech est là qui m'écoute sans doute, épouvanté par le grondement de mon pas. Et je lui dis : « Mon petit renard, je suis foutu, mais c'est curieux, cela ne m'a pas empêché de m'intéresser à ton humeur... »

Et je reste là à rêver et il me semble que l'on s'adapte à tout. L'idée qu'il mourra peut-être trente ans plus tard ne gâte pas les joies d'un homme. Trente ans, trois jours... c'est une question de perspective.

Mais il faut oublier certaines images...

Maintenant je poursuis ma route et déjà, avec la fatigue, quelque chose en moi se transforme. Les mirages, s'il n'y en a point, je les invente...

« Ohé! »

J'ai levé les bras en criant, mais cet homme qui gesticulait n'était qu'un rocher noir. Tout s'anime déjà dans le désert. J'ai voulu réveiller ce Bédouin qui dormait et il s'est changé en tronc d'arbre noir. En tronc d'arbre? Cette présence me surprend et je me penche. Je veux soulever une branche brisée : elle est de marbre! Je me redresse et je regarde autour de moi; j'aperçois d'autres marbres noirs. Une forêt

antédiluvienne jonche le sol de ses fûts brisés.
Elle s'est écroulée comme une cathédrale, voilà
cent mille ans, sous un ouragan de genèse. Et
les siècles ont roulé jusqu'à moi ces tronçons
de colonnes géantes polis comme des pièces
d'acier, pétrifiés, vitrifiés, couleur d'encre. Je
distingue encore le nœud des branches, j'aperçois les torsions de la vie, je compte les anneaux
du tronc. Cette forêt, qui fut pleine d'oiseaux
et de musique, a été frappée de malédiction
et changée en sel. Et je sens que ce paysage
m'est hostile. Plus noires que cette armure de
fer des collines, ces épaves solennelles me
refusent. Qu'ai-je à faire ici, moi, vivant, parmi
ces marbres incorruptibles? Moi, périssable, moi,
dont le corps se dissoudra, qu'ai-je à faire ici
dans l'éternité?

Depuis hier j'ai déjà parcouru près de quatre-
vingts kilomètres. Je dois sans doute à la soif
ce vertige. Ou au soleil. Il brille sur ces fûts
qui semblent glacés d'huile. Il brille sur cette
carapace universelle. Il n'y a plus ici ni sable ni
renards. Il n'y a plus ici qu'une immense
enclume. Et je marche sur cette enclume. Et je
sens, dans ma tête, le soleil retentir. Ah! là-bas...

« Ohé! Ohé!

— Il n'y a rien là-bas, ne t'agite pas, c'est le délire. »

Je me parle ainsi à moi-même, car j'ai besoin de faire appel à ma raison. Il m'est si difficile de refuser ce que je vois. Il m'est si difficile de ne pas courir vers cette caravane en marche... là... tu vois!...

« Imbécile, tu sais bien que c'est toi qui l'inventes...

— Alors rien au monde n'est véritable... »

Rien n'est véritable sinon cette croix à vingt kilomètres de moi sur la colline. Cette croix ou ce phare...

Mais ce n'est pas la direction de la mer. Alors c'est une croix. Toute la nuit j'ai étudié la carte. Mon travail était inutile, puisque j'ignorais ma position. Mais je me penchais sur tous les signes qui m'indiquaient la présence de l'homme. Et, quelque part, j'ai découvert un petit cercle surmonté d'une croix semblable. Je me suis reporté à la légende et j'y ai lu : « Etablissement religieux. » A côté de la croix j'ai vu un point noir. Je me suis reporté encore à la légende, et j'y ai lu : « Puits permanent. » J'ai reçu un grand choc au cœur et j'ai relu tout haut :

« Puits permanent... Puits permanent... Puits permanent! » Ali-Baba et ses trésors, est-ce que ça compte en regard d'un puits permanent? Un peu plus loin j'ai remarqué deux cercles blancs. J'ai lu sur la légende : « Puits temporaire. » C'était déjà moins beau. Puis tout autour il n'y avait plus rien. Rien.

Le voilà mon établissement religieux! Les moines ont dressé une grande croix sur la colline pour appeler les naufragés! Et je n'ai qu'à marcher vers elle. Et je n'ai qu'à courir vers ces dominicains...

« Mais il n'y a que des monastères coptes en Libye.

— ... Vers ces dominicains studieux. Ils possèdent une belle cuisine fraîche aux carreaux rouges et, dans la cour, une merveilleuse pompe rouillée. Sous la pompe rouillée, sous la pompe rouillée, vous l'auriez deviné... sous la pompe rouillée c'est le puits permanent! Ah! ça va être une fête là-bas quand je vais sonner à la porte, quand je vais tirer sur la grande cloche...

— Imbécile, tu décris une maison de Provence où il n'y a d'ailleurs point de cloche.

— ... Quand je vais tirer sur la grande

cloche! Le portier lèvera les bras au ciel et me
criera : « Vous êtes un envoyé du Seigneur! »
et il appellera tous les moines. Et ils se précipi-
teront. Et ils me fêteront comme un enfant
pauvre. Et ils me pousseront vers la cuisine. Et
ils me diront : « Une seconde, une seconde,
« mon fils... nous courons jusqu'au puits per-
« manent... »

« Et moi, je tremblerai de bonheur... »

Mais non, je ne veux pas pleurer, pour la
seule raison qu'il n'y a plus de croix sur la colline.

Les promesses de l'ouest ne sont que mensonges. J'ai viré plein nord.

Le Nord est rempli, lui, au moins par le
chant de la mer.

Ah! cette crête franchie, l'horizon s'étale.
Voici la plus belle cité du monde.

« Tu sais bien que c'est un mirage... »

Je sais très bien que c'est un mirage. On ne
me trompe pas, moi! Mais s'il me plaît, à moi,
de m'enfoncer vers un mirage? S'il me plaît, à
moi d'espérer? S'il me plaît d'aimer cette ville
crénelée et toute pavoisée de soleil? S'il me
plaît de marcher tout droit, à pas agiles, puisque

je ne sens plus ma fatigue, puisque je suis heureux... Prévot et son revolver, laissez-moi rire! Je préfère mon ivresse. Je suis ivre. Je meurs de soif!

Le crépuscule m'a dégrisé. Je me suis arrêté brusquement, effrayé de me sentir si loin. Au crépuscule le mirage meurt. L'horizon s'est déshabillé de sa pompe, de ses palais, de ses vêtements sacerdotaux. C'est un horizon de désert.

« Tu es bien avancé! La nuit va te prendre, tu devras attendre le jour, et demain tes traces seront effacées et tu ne seras plus nulle part.

— Alors autant marcher encore droit devant moi... A quoi bon faire encore demi-tour? Je ne veux plus donner ce coup de barre quand peut-être j'allais ouvrir, quand j'ouvrais les bras sur la mer...

— Où as-tu vu la mer? Tu ne l'atteindras d'ailleurs jamais. Trois cents kilomètres sans doute t'en séparent. Et Prévot guette près du Simoun! Et il a, peut-être, été aperçu par une caravane... »

Oui, je vais revenir, mais je vais d'abord appeler les hommes :

« Ohé! »

Cette planète, bon Dieu, elle est cependant habitée...

« Ohé! les hommes!... »

Je m'enroue. Je n'ai plus de voix. Je me sens ridicule de crier ainsi... Je lance une fois encore :

« Les hommes! »

Ça rend un son emphatique et prétentieux. Et je fais demi-tour.

Après deux heures de marche, j'ai aperçu les flammes que Prévot, qui s'épouvantait de me croire perdu, jette vers le ciel. Ah!... cela m'est tellement indifférent...

Encore une heure de marche... Encore cinq cents mètres. Encore cent mètres. Encore cinquante.

« Ah! »

Je me suis arrêté stupéfait. La joie va m'inonder le cœur et j'en contiens la violence. Prévot, illuminé par le brasier, cause avec deux Arabes adossés au moteur. Il ne m'a pas encore aperçu. Il est trop occupé par sa propre joie. Ah! si j'avais attendu comme lui... je serais déjà délivré! Je crie joyeusement :

« Ohé! »

Les deux Bédouins sursautent et me re-
gardent. Prévot les quitte et s'avance seul au-
devant de moi. J'ouvre les bras. Prévot me
retient par le coude, j'allais donc tomber? Je
lui dis :

« Enfin, ça y est.

— Quoi?

— Les Arabes!

— Quels Arabes?

— Les Arabes qui sont là, avec vous!... »

Prévot me regarde drôlement, et j'ai l'impression qu'il me confie, à contrecœur, un
lourd secret :

« Il n'y a point d'Arabes... »

Sans doute, cette fois, je vais pleurer.

VI

On vit ici dix-neuf heures sans eau, et
qu'avons-nous bu depuis hier soir? Quelques
gouttes de rosée à l'aube! Mais le vent de nord-
est règne toujours et ralentit un peu notre éva-
poration. Cet écran favorise encore dans le ciel

les hautes constructions de nuages. Ah! s'ils
dérivaient jusqu'à nous, s'il pouvait pleuvoir!
Mais il ne pleut jamais dans le désert.

« Prévot, découpons en triangles un parachute. Nous fixerons ces panneaux au sol avec
des pierres. Et si le vent n'a pas tourné, à
l'aube, nous recueillerons la rosée dans un des
réservoirs d'essence, en tordant nos linges. »

Nous avons aligné les six panneaux blancs
sous les étoiles. Prévot a démantelé un réservoir.
Nous n'avons plus qu'à attendre le jour.

Prévot, dans les débris, a découvert une
orange miraculeuse. Nous nous la partageons.
J'en suis bouleversé, et cependant c'est peu de
chose quand il nous faudrait vingt litres d'eau.

Couché près de notre feu nocturne je regarde
ce fruit lumineux et je me dis : « Les hommes
ne savent pas ce qu'est une orange... » Je me dis
aussi : « Nous sommes condamnés et encore
une fois cette certitude ne me frustre pas de
mon plaisir. Cette demi-orange que je serre
dans la main m'apporte une des plus grandes
joies de ma vie... » Je m'allonge sur le dos, je
suce mon fruit, je compte les étoiles filantes.
Me voici, pour une minute, infiniment heureux.
Et je me dis encore : « Le monde dans l'ordre

duquel nous vivons, on ne peut pas le deviner si l'on n'y est pas enfermé soi-même. » Je comprends aujourd'hui seulement la cigarette et le verre de rhum du condamné. Je ne concevais pas qu'il acceptât cette misère. Et cependant il y prend beaucoup de plaisir. On imagine cet homme courageux s'il sourit. Mais il sourit de boire son rhum. On ne sait pas qu'il a changé de perspective et qu'il a fait, de cette dernière heure, une vie humaine.

Nous avons recueilli une énorme-quantité d'eau : deux litres peut-être. Finie la soif! Nous sommes sauvés, nous allons boire!

Je puise dans mon réservoir le contenu d'un gobelet d'étain, mais cette eau est d'un beau vert-jaune, et, dès la première gorgée, je lui trouve un goût si effroyable, que, malgré la soif qui me tourmente, avant d'achever cette gorgée, je reprends ma respiration. Je boirais cependant de la boue, mais ce goût de métal empoisonné est plus fort que ma soif.

Je regarde Prévot qui tourne en rond les yeux au sol, comme s'il cherchait attentivement quelque chose. Soudain il s'incline et vomit, sans s'interrompre de tourner en rond. Trente

secondes plus tard, c'est mon tour. Je suis pris
de telles convulsions que je rends à genoux,
les doigts enfoncés dans le sable. Nous ne nous
parlons pas, et, durant un quart d'heure, nous
demeurons ainsi secoués, ne rendant plus qu'un
peu de bile.

C'est fini. Je ne ressens plus qu'une lointaine
nausée. Mais nous avons perdu notre dernier espoir. J'ignore si notre échec est dû à
un enduit du parachute ou au dépôt de tétra-
chlorure de carbone qui entartre le réservoir.
Il nous eût fallu un autre récipient ou d'autres
linges.

Alors, dépêchons-nous! Il fait jour. En
route! Nous allons fuir ce plateau maudit, et
marcher à grands pas, droit devant nous, jusqu'à la chute. C'est l'exemple de Guillaumet
dans les Andes que je suis : je pense beaucoup
à lui depuis hier. J'enfreins la consigne for-
melle qui est de demeurer auprès de l'épave.
On ne nous cherchera plus ici.

Encore une fois nous découvrons que nous
ne sommes pas les naufragés. Les naufragés,
ce sont ceux qui attendent! Ceux que menace
notre silence. Ceux qui sont déjà déchirés par

une abominable erreur. On ne peut pas ne pas
courir vers eux. Guillaumet aussi, au retour des
Andes, m'a raconté qu'il courait vers les naufragés! Ceci est une vérité universelle.

« Si j'étais seul au monde, me dit Prévot,
je me coucherais. »

Et nous marchons droit devant nous vers
l'est-nord-est. Si le Nil a été franchi nous nous
enfonçons, à chaque pas, plus profondément,
dans l'épaisseur du désert d'Arabie.

De cette journée-là, je ne me souviens plus.
Je ne me souviens que de ma hâte. Ma hâte
vers n'importe quoi, vers ma chute. Je me rappelle aussi avoir marché en regardant la terre,
j'étais écœuré par les mirages. De temps en
temps, nous avons rectifié à la boussole notre
direction. Nous nous sommes aussi étendus parfois pour souffler un peu. J'ai aussi jeté quelque
part mon caoutchouc que je conservais pour la
nuit. Je ne sais rien de plus. Mes souvenirs ne
se renouent qu'avec la fraîcheur du soir. Moi
aussi j'étais comme du sable, et tout, en moi,
s'est effacé.

Nous décidons, au coucher du soleil, de cam-
per. Je sais bien que nous devrions marcher

encore : cette nuit sans eau nous achèvera. Mais
nous avons emporté avec nous les panneaux de
toile du parachute. Si le poison ne vient pas de
l'enduit il se pourrait que, demain matin, nous
puissions boire. Il faut étendre nos pièges à
rosée, une fois encore, sous les étoiles.

Mais au nord, le ciel est ce soir pur de nuages.
Mais le vent a changé de goût. Il a aussi changé
de direction. Nous sommes frôlés déjà par le
souffle chaud du désert. C'est le réveil du fauve!
Je le sens qui nous lèche les mains et le visage.

Mais si je marche encore je ne ferai pas dix
kilomètres. Depuis trois jours, sans boire, j'en
ai couvert plus de cent quatre-vingts...

Mais, à l'instant de faire halte :

« Je vous jure que c'est un lac, me dit Prévot.

— Vous êtes fou!

— A cette heure-ci, au crépuscule, cela peut-
il être un mirage? »

Je ne réponds rien. J'ai renoncé, depuis longtemps, à croire mes yeux. Ce n'est pas un mirage,
peut-être, mais alors, c'est une invention de notre
folie. Comment Prévot croit-il encore?

Prévot s'obstine :

« C'est à vingt minutes, je vais aller voir... »

Cet entêtement m'irrite :

« Allez voir, allez prendre l'air... c'est excellent pour la santé. Mais s'il existe, votre lac, il est salé, sachez-le bien. Salé ou non, il est au diable. Et par-dessus tout il n'existe pas. »

Prévot, les yeux fixes, s'éloigne déjà. Je les connais, ces attractions souveraines! Et moi je pense : « Il y a aussi des somnambules qui vont se jeter droit sous les locomotives. » Je sais que Prévot ne reviendra pas. Ce vertige du vide le prendra et il ne pourra plus faire demi-tour. Et il tombera un peu plus loin. Et il mourra de son côté et moi du mien. Et tout cela a si peu d'importance!...

Je n'estime pas d'un très bon augure cette indifférence qui m'est venue. A demi noyé, j'ai ressenti la même paix. Mais j'en profite pour écrire une lettre posthume, à plat ventre sur des pierres. Ma lettre est très belle. Très digne. J'y prodigue de sages conseils. J'éprouve à la relire un vague plaisir de vanité. On dira d'elle : « Voilà une admirable lettre posthume! Quel dommage qu'il soit mort! »

Je voudrais aussi connaître où j'en suis. J'essaie de former de la salive : depuis combien d'heures n'ai-je point craché? Je n'ai plus de salive. Si je garde la bouche fermée, une matière gluante scelle mes lèvres. Elle sèche et forme, au-dehors, un bourrelet dur. Cependant, je réussis encore mes tentatives de déglutition. Et mes yeux ne se remplissent point encore de lumières. Quand ce radieux spectacle me sera offert, c'est que j'en aurai pour deux heures.

Il fait nuit. La lune a grossi depuis l'autre nuit. Prévot ne revient pas. Je suis allongé sur le dos et je mûris ces évidences. Je retrouve en moi une vieille impression. Je cherche à me la définir. Je suis... Je suis... Je suis embarqué! Je me rendais en Amérique du Sud, je m'étais étendu ainsi sur le pont supérieur. La pointe du mât se promenait de long en large, très lentement, parmi les étoiles. Il manque ici un mât, mais je suis embarqué quand même, vers une destination qui ne dépend plus de mes efforts. Des négriers m'ont jeté, lié, sur un navire.

Je songe à Prévot qui ne revient pas. Je ne l'ai pas entendu se plaindre une seule fois. C'est très bien. Il m'eût été insupportable d'entendre geindre. Prévot est un homme.

Ah! A cinq cents mètres de moi le voilà qui agite sa lampe! Il a perdu ses traces! Je n'ai pas

de lampe pour lui répondre, je me lève, je crie,
mais il n'entend pas...

Une seconde lampe s'allume à deux cents
mètres de la sienne, une troisième lampe. Bon
Dieu, c'est une battue et l'on me cherche!

Je crie :

« Ohé! »

Mais on ne m'entend pas.

Les trois lampes poursuivent leurs signaux
d'appel.

Je ne suis pas fou, ce soir. Je me sens bien. Je
suis en paix. Je regarde avec attention. Il y a
trois lampes à cinq cents mètres.

« Ohé! »

Mais on ne m'entend toujours pas.

Alors je suis pris d'une courte panique. La
seule que je connaîtrai. Ah! je puis encore courir : « Attendez... Attendez... » Ils vont faire
demi-tour! Ils vont s'éloigner, chercher ailleurs,
et moi je vais tomber! Je vais tomber sur le seuil
de la vie, quand il était des bras pour me recevoir!...

« Ohé! Ohé!

— Ohé! »

Ils m'ont entendu. Je suffoque, je suffoque
mais je cours encore. Je cours dans la direction

de la voix : « Ohé! » j'aperçois Prévot et je tombe.

« Ah! Quand j'ai aperçu toutes ces lampes!...
— Quelles lampes? »

C'est exact, il est seul.

Cette fois-ci je n'éprouve aucun désespoir, mais une sourde colère.

« Et votre lac?

— Il s'éloignait quand j'avançais. Et j'ai marché vers lui pendant une demi-heure. Après une demi-heure il était trop loin. Je suis revenu. Mais je suis sûr maintenant que c'est un lac...

— Vous êtes fou, absolument fou. Ah! pourquoi avez-vous fait cela?... Pourquoi? »

Qu'a-t-il fait? Pourquoi l'a-t-il fait? Je pleurerais d'indignation, et j'ignore pourquoi je suis indigné. Et Prévot m'explique d'une voix qui s'étrangle :

« J'aurais tant voulu trouver à boire... Vos lèvres sont tellement blanches! »

Ah! Ma colère tombe... Je passe ma main sur mon front, comme si je me réveillais, et je me sens triste. Et je raconte doucement :

« J'ai vu, comme je vous vois, j'ai vu clairement, sans erreur possible, trois lumières... Je vous dis que je les ai vues, Prévot! »

Prévot se tait d'abord :
« Eh oui, avoue-t-il enfin, ça va mal. »

La terre rayonne vite sous cette atmosphère
sans vapeur d'eau. Il fait déjà très froid. Je me
lève et je marche. Mais bientôt je suis pris d'un
insupportable tremblement. Mon sang déshydraté circule très mal, et un froid glacial me
pénètre, qui n'est pas seulement le froid de la
nuit. Mes mâchoires claquent et tout mon corps
est agité de soubresauts. Je ne puis plus me servir d'une lampe électrique tant ma main la
secoue. Je n'ai jamais été sensible au froid, et
cependant je vais mourir de froid, quel étrange
effet de la soif!

J'ai laissé tomber mon caoutchouc quelque
part, las de le porter dans la chaleur. Et le vent
peu à peu empire. Et je découvre que dans le
désert il n'est point de refuge. Le désert est lisse
comme un marbre. Il ne forme point d'ombre
pendant le jour, et la nuit il vous livre tout
nu au vent. Pas un arbre, pas une haie, pas une
pierre qui m'eût abrité. Le vent me charge
comme une cavalerie en terrain découvert. Je
tourne en rond pour le fuir. Je me couche et je
me relève. Couché ou debout je suis exposé à

ce fouet de glace. Je ne puis courir, je n'ai plus de forces, je ne puis fuir les assassins et je tombe à genoux, la tête dans les mains, sous le sabre!

Je m'en rends compte un peu plus tard; je me suis relevé, et je marche droit devant moi, toujours grelottant! Où suis-je? Ah! je viens de partir, j'entends Prévot! Ce sont ses appels qui m'ont réveillé...

Je reviens vers lui, toujours agité par ce tremblement, par ce hoquet de tout le corps. Et je me dis : « Ce n'est pas le froid. C'est autre chose. C'est la fin. » Je me suis déjà trop déshydraté. J'ai tant marché, avant-hier, et hier quand j'allais seul.

Cela me peine de finir par le froid. Je préférerais mes mirages intérieurs. Cette croix, ces Arabes, ces lampes. Après tout, cela commençait à m'intéresser. Je n'aime pas être flagellé comme un esclave...

Me voici encore à genoux.

Nous avons emporté un peu de pharmacie. Cent grammes d'éther pur, cent grammes d'alcool à 90 et un flacon d'iode. J'essaie de boire deux ou trois gorgées d'éther pur. C'est comme si j'avalais des couteaux. Puis un peu d'alcool à 90, mais cela me ferme la gorge.

Je creuse une fosse dans le sable, je m'y couche, et je me recouvre de sable. Mon visage
seul émerge. Prévot a découvert des brindilles
et allume un feu dont les flammes seront vite
taries. Prévot refuse de s'enterrer sous le sable.
Il préfère battre la semelle. Il a tort.

Ma gorge demeure serrée, c'est mauvais signe,
et cependant je me sens mieux. Je me sens
calme. Je me sens calme au-delà de toute espérance. Je m'en vais malgré moi en voyage, ligoté
sur le pont de mon vaisseau de négriers sous
les étoiles. Mais je ne suis peut-être pas très
malheureux...

Je ne sens plus le froid, à condition de ne
pas remuer un muscle. Alors, j'oublie mon corps
endormi sous le sable. Je ne bougerai plus, et
ainsi je ne souffrirai plus jamais. D'ailleurs
véritablement, l'on souffre si peu... Il y a, derrière tous ces tourments, l'orchestration de la
fatigue et du délire. Et tout se change en livre
d'images, en conte de fées un peu cruel... Tout
à l'heure, le vent me chassait à courre et, pour
le fuir, je tournais en rond comme une bête.
Puis j'ai eu du mal à respirer : un genou m'écra-
sait la poitrine. Un genou. Et je me débattais
contre le poids de l'ange. Je ne fus jamais seul

dans le désert. Maintenant que je ne crois plus en ce qui m'entoure, je me retire chez moi, je ferme les yeux et je ne remue plus un cil. Tout ce torrent d'images m'emporte, je le sens, vers un songe tranquille : les fleuves se calment dans l'épaisseur de la mer.

Adieu, vous que j'aimais. Ce n'est point ma faute si le corps humain ne peut résister trois jours sans boire. Je ne me croyais pas prisonnier ainsi des fontaines. Je ne soupçonnais pas une aussi courte autonomie. On croit que l'homme peut s'en aller droit devant soi. On croit que l'homme est libre... On ne voit pas la corde qui le rattache au puits, qui le rattache, comme un cordon ombilical, au ventre de la terre. S'il fait un pas de plus, il meurt.

A part votre souffrance, je ne regrette rien. Tout compte fait, j'ai eu la meilleure part. Si je rentrais, je recommencerais. J'ai besoin de vivre. Dans les villes, il n'y a plus de vie humaine.

Il ne s'agit point ici d'aviation. L'avion, ce n'est pas une fin, c'est un moyen. Ce n'est pas pour l'avion que l'on risque sa vie. Ce n'est pas non plus pour sa charrue que le paysan laboure. Mais, par l'avion, on quitte les villes et leurs comptables, et l'on retrouve une vérité paysanne.

On fait un travail d'homme et l'on connaît des soucis d'homme. On est en contact avec le vent, avec les étoiles, avec la nuit, avec le sable, avec la mer. On ruse avec les forces naturelles. On attend l'aube comme le jardinier attend le printemps. On attend l'escale comme une Terre promise, et l'on cherche sa vérité dans les étoiles.

Je ne me plaindrai pas. Depuis trois jours, j'ai marché, j'ai eu soif, j'ai suivi des pistes dans le sable, j'ai fait de la rosée mon espérance. J'ai cherché à joindre mon espèce, dont j'avais oublié où elle logeait sur la terre. Et ce sont là des soucis de vivants. Je ne puis pas ne pas les juger plus importants que le choix, le soir, d'un music-hall.

Je ne comprends plus ces populations des trains de banlieue, ces hommes qui se croient des hommes, et qui cependant sont réduits, par une pression qu'ils ne sentent pas, comme les fourmis, à l'usage qui en est fait. De quoi remplissent-ils, quand ils sont libres, leurs absurdes petits dimanches?

Une fois, en Russie, j'ai entendu jouer du Mozart dans une usine. Je l'ai écrit. J'ai reçu

deux cents lettres d'injures. Je n'en veux pas à
ceux qui préfèrent le beuglant. Ils ne connaissent point d'autre chant. J'en veux au tenancier
du beuglant. Je n'aime pas que l'on abîme les
hommes.

Moi je suis heureux dans mon métier. Je me
sens paysan des escales. Dans le train de banlieue, je sens mon agonie bien autrement qu'ici!
Ici, tout compte fait, quel luxe!...

Je ne regrette rien. J'ai joué, j'ai perdu. C'est
dans l'ordre de mon métier. Mais, tout de même,
je l'ai respiré, le vent de la mer.

Ceux qui l'ont goûté une fois n'oublient pas
cette nourriture. N'est-ce pas, mes camarades?
Et il ne s'agit pas de vivre dangereusement. Cette
formule est prétentieuse. Les toréadors ne me
plaisent guère. Ce n'est pas le danger que j'aime.
Je sais ce que j'aime. C'est la vie.

Il me semble que le ciel va blanchir. Je sors
un bras du sable. J'ai un panneau à portée de
la main, je le tâte, mais il reste sec. Attendons.
La rosée se dépose à l'aube. Mais l'aube blan-
chit sans mouiller nos linges. Alors mes réflexions s'embrouillent un peu et je m'entends
dire : « Il y a ici un cœur sec... un cœur sec...

un cœur sec qui ne sait point formei de
larmes!... »

« En route, Prévot! Nos gorges ne se sont
pas fermées encore : il faut marcher. »

VII

Il souffle ce vent d'ouest qui sèche l'homme
en dix-neuf heures. Mon œsophage n'est pas
fermé encore, mais il est dur et douloureux.
J'y devine quelque chose qui racle. Bientôt
commencera cette toux, que l'on m'a décrite, et
que j'attends. Ma langue me gêne. Mais le plus
grave est que j'aperçois déjà des taches brillantes.
Quand elles se changeront en flammes, je me
coucherai.

Nous marchons vite. Nous profitons de la
fraîcheur du petit jour. Nous savons bien qu'au
grand soleil, comme l'on dit, nous ne marcherons
plus. Au grand soleil...

Nous n'avons pas le droit de transpirer. Ni
même celui d'attendre. Cette fraîcheur n'est
qu'une fraîcheur à dix-huit pour cent d'humidité. Ce vent qui souffle vient du désert. Et,

sous cette caresse menteuse et tendre, notre sang s'évapore.

Nous avons mangé un peu de raisin le premier jour. Depuis trois jours, une demi-orange et une moitié de madeleine. Avec quelle salive eussions-nous mâché notre nourriture? Mais je n'éprouve aucune faim, je n'éprouve que la soif. Et il me semble que désormais, plus que la soif, j'éprouve les effets de la soif. Cette gorge dure. Cette langue de plâtre. Ce raclement et cet affreux goût dans la bouche. Ces sensations-là sont nouvelles pour moi. Sans doute l'eau les guérirait-elle, mais je n'ai point de souvenirs qui leur associent ce remède. La soif devient de plus en plus une maladie et de moins en moins un désir.

Il me semble que les fontaines et les fruits m'offrent déjà des images moins déchirantes. J'oublie le rayonnement de l'orange, comme il me semble avoir oublié mes tendresses. Déjà peut-être j'oublie tout.

Nous nous sommes assis, mais il faut repartir. Nous renonçons aux longues étapes. Après cinq cents mètres de marche nous croulons de fatigue. Et j'éprouve une grande joie à m'étendre. Mais il faut repartir.

Le paysage change. Les pierres s'espacent. Nous marchons maintenant sur du sable. A deux kilomètres devant nous, des dunes. Sur ces dunes quelques taches de végétation basse. A l'armure d'acier, je préfère le sable. C'est le désert blond. C'est le Sahara. Je crois le reconnaître...

Maintenant nous nous épuisons en deux cents mètres.

« Nous allons marcher, tout de même, au moins jusqu'à ces arbustes. »

C'est une limite extrême. Nous vérifierons en voiture, lorsque nous remonterons nos traces, huit jours plus tard, pour chercher le Simoun, que cette dernière tentative fut de quatre-vingts kilomètres. J'en ai donc déjà couvert près de deux cents. Comment poursuivrais-je?

Hier, je marchais sans espoir. Aujourd'hui, ces mots ont perdu leur sens. Aujourd'hui, nous marchons parce que nous marchons. Ainsi les bœufs sans doute, au labour. Je rêvais hier à des paradis d'orangers. Mais aujourd'hui, il n'est plus, pour moi, de paradis. Je ne crois plus à l'existence des oranges.

Je ne découvre plus rien en moi, sinon une grande sécheresse de cœur. Je vais tomber et ne connais point le désespoir. Je n'ai même pas

de peine. Je le regrette : le chagrin me semble-
rait doux comme l'eau. On a pitié de soi et l'on
se plaint comme un ami. Mais je n'ai plus d'ami
au monde.

Quand on me retrouvera, les yeux brûlés, on
imaginera que j'ai beaucoup appelé et beaucoup souffert. Mais les élans, mais les regrets,
mais les tendres souffrances, ce sont encore des
richesses. Et moi je n'ai plus de richesses. Les
fraîches jeunes filles, au soir de leur premier
amour, connaissent le chagrin et pleurent. Le
chagrin est lié aux frémissements de la vie. Et
moi je n'ai plus de chagrin...

Le désert, c'est moi. Je ne forme plus de
salive, mais je ne forme plus, non plus, les
images douces vers lesquelles j'aurais pu gémir.
Le soleil a séché en moi la source des larmes.

Et cependant, qu'ai-je aperçu? Un souffle d'espoir a passé sur moi comme une risée sur la
mer. Quel est le signe qui vient d'alerter mon
instinct avant de frapper ma conscience? Rien
n'a changé, et cependant tout a changé. Cette
nappe de sable, ces tertres et ces légères plaques
de verdure ne composent plus un paysage, mais
une scène. Une scène vide encore, mais toute
préparée. Je regarde Prévot. Il est frappé **du**

même étonnement que moi, mais il ne comprend
pas non plus ce qu'il éprouve.

Je vous jure qu'il va se passer quelque chose...

Je vous jure que le désert s'est animé. Je
vous jure que cette absence, que ce silence sont
tout à coup plus émouvants qu'un tumulte de
place publique...

Nous sommes sauvés, il y a des traces dans
le sable!...

Ah! nous avions perdu la piste de l'espèce
humaine, nous étions retranchés d'avec la tribu,
nous nous étions retrouvés seuls au monde,
oubliés par une migration universelle, et voici
que nous découvrons, imprimés dans le sable,
les pieds miraculeux de l'homme.

« Ici, Prévot, deux hommes se sont séparés...

— Ici, un chameau s'est agenouillé...

— Ici... »

Et cependant, nous ne sommes point sauvés
encore. Il ne nous suffit pas d'attendre. Dans
quelques heures, on ne pourra plus nous secourir. La marche de la soif, une fois la toux com-
mencée, est trop rapide. Et notre gorge...

Mais je crois en cette caravane, qui se balance
quelque part, dans le désert.

Nous avons donc marché encore, et tout à
coup j'ai entendu le chant du coq. Guillaumet
m'avait dit : « Vers la fin, j'entendais des coqs
dans les Andes. J'entendais aussi des chemins de
fer... »

Je me souviens de son récit à l'instant même
où le coq chante et je me dis : « Ce sont mes
yeux qui m'ont trompé d'abord. C'est sans doute
l'effet de la soif. Mes oreilles ont mieux
résisté... » Mais Prévot m'a saisi par le bras :

« Vous avez entendu?

— Quoi?

— Le coq!

— Alors... Alors... »

Alors, bien sûr, imbécile, c'est la vie...

J'ai eu une dernière hallucination : celle de
trois chiens qui se poursuivaient. Prévot, qui re-
gardait aussi, n'a rien vu. Mais nous sommes deux
à tendre les bras vers ce Bédouin. Nous sommes
deux à user vers lui tout le souffle de nos poi-
trines. Nous sommes deux à rire de bonheur!...

Mais nos voix ne portent pas à trente mètres.
Nos cordes vocales sont déjà sèches. Nous nous
parlions tout bas l'un à l'autre, et nous ne
l'avions même pas remarqué!

Mais ce Bédouin et son chameau, qui viennent
de se démasquer de derrière le tertre, voilà que
lentement, lentement, ils s'éloignent. Peut-être
cet homme est-il seul. Un démon cruel nous l'a
montré et le retire...

Et nous ne pourrions plus courir!

Un autre Arabe apparaît de profil sur la dune.
Nous hurlons, mais tout bas. Alors, nous agitons
les bras et nous avons l'impression de remplir
le ciel de signaux immenses. Mais ce Bédouin
regarde toujours vers la droite...

Et voici que, sans hâte, il a amorcé un quart
de tour. A la seconde même où il se présentera
de face, tout sera accompli. A la seconde même
où il regardera vers nous, il aura déjà effacé en
nous la soif, la mort et les mirages. Il a amorcé
un quart de tour qui, déjà, change le monde.
Par un mouvement de son seul buste, par la
promenade de son seul regard, il crée la vie, et
il me paraît semblable à un dieu...

C'est un miracle... Il marche vers nous sur le
sable, comme un dieu sur la mer...

L'Arabe nous a simplement regardés. Il a
pressé, des mains, sur nos épaules, et nous lui
avons obéi. Nous nous sommes étendus. Il n'y

a plus ici ni races, ni langages, ni divisions... Il
y a ce nomade pauvre qui a posé sur nos épaules
des mains d'archange.

Nous avons attendu, le front dans le sable.
Et maintenant, nous buvons à plat ventre, la
tête dans la bassine, comme des veaux. Le Bédouin s'en effraie et nous oblige, à chaque instant, à nous interrompre. Mais dès qu'il nous
lâche, nous replongeons tout notre visage dans
l'eau.

L'eau!

Eau, tu n'as ni goût, ni couleur, ni arôme, on
ne peut pas te définir, on te goûte, sans te connaître. Tu n'es pas nécessaire à la vie : tu es la
vie. Tu nous pénètres d'un plaisir qui ne s'explique point par les sens. Avec toi rentrent en nous
tous les pouvoirs auxquels nous avions renoncé.
Par ta grâce, s'ouvrent en nous toutes les sources
taries de notre cœur.

Tu es la plus grande richesse qui soit au
monde, et tu es aussi la plus délicate, toi si
pure au ventre de la terre. On peut mourir sur
une source d'eau magnésienne. On peut mourir
à deux pas d'un lac d'eau salée. On peut mourir
malgré deux litres de rosée qui retiennent en
suspens quelques sels. Tu n'acceptes point de

mélange, tu ne supportes point d'altération, tu
es une ombrageuse divinité...

Mais tu répands en nous un bonheur infiniment simple.

Quant à toi qui nous sauves, Bédouin de
Libye, tu t'effaceras cependant à jamais de ma
mémoire. Je ne me souviendrai jamais de ton
visage. Tu es l'Homme et tu m'apparais avec
le visage de tous les hommes à la fois. Tu ne
nous a jamais dévisagés et déjà tu nous as reconnus. Tu es le frère bien-aimé. Et, à mon tour,
je te reconnaîtrai dans tous les hommes.

Tu m'apparais baigné de noblesse et de bien-
veillance, grand seigneur qui as le pouvoir de
donner à boire. Tous mes amis, tous mes ennemis en toi marchent vers moi, et je n'ai plus un
seul ennemi au monde.

VIII

LES HOMMES

I

Une fois de plus, j'ai côtoyé une vérité que
je n'ai pas comprise. Je me suis cru perdu, j'ai
cru toucher le fond du désespoir et, une fois
le renoncement accepté, j'ai connu la paix. Il
semble à ces heures-là que l'on se découvre
soi-même et que l'on devienne son propre ami.
Plus rien ne saurait prévaloir contre un sentiment de plénitude qui satisfait en nous je ne
sais quel besoin essentiel que nous ne nous
connaissions pas. Bonnafous, j'imagine, qui
s'usait à courir le vent, a connu cette sérénité.
Guillaumet aussi dans sa neige. Comment ou-
blierais-je moi-même, qu'enfoui dans le sable

jusqu'à la nuque, et lentement égorgé par la soif, j'ai eu si chaud au cœur sous ma pèlerine d'étoiles?

Comment favoriser en nous cette sorte de délivrance? Tout est paradoxal chez l'homme, on le sait bien. On assure le pain de celui-là pour lui permettre de créer et il s'endort, le conquérant victorieux s'amollit, le généreux, si on l'enrichit, devient ladre. Que nous importent les doctrines politiques qui prétendent épanouir les hommes, si nous ne connaissons d'abord quel type d'homme elles épanouiront. Qui va naître? Nous ne sommes pas un cheptel à l'engrais, et l'apparition d'un Pascal pauvre pèse plus lourd que la naissance de quelques anonymes prospères.

L'essentiel, nous ne savons pas le prévoir. Chacun de nous a connu les joies les plus chaudes là où rien ne les promettait. Elles nous ont laissé une telle nostalgie que nous regrettons jusqu'à nos misères, si nos misères les ont permises. Nous avons tous goûté, en retrouvant des camarades, l'enchantement des mauvais souvenirs.

Que savons-nous, sinon qu'il est des conditions inconnues qui nous fertilisent? Où loge la vérité de l'homme?

La vérité, ce n'est point ce qui se démontre. Si dans ce terrain, et non dans un autre, les orangers développent de solides racines et se chargent de fruits, ce terrain-là c'est la vérité des orangers. Si cette religion, si cette culture, si cette échelle des valeurs, si cette forme d'activité et non telles autres, favorisent dans l'homme cette plénitude, délivrent en lui un grand seigneur qui s'ignorait, c'est que cette échelle des valeurs, cette culture, cette forme d'activité, sont la vérité de l'homme. La logique? Qu'elle se débrouille pour rendre compte de la vie.

Tout au long de ce livre j'ai cité quelques-uns de ceux qui ont obéi, semble-t-il, à une vocation souveraine, qui ont choisi le désert ou la ligne, comme d'autres eussent choisi le monastère; mais j'ai trahi mon but si j'ai paru vous engager à admirer d'abord les hommes. Ce qui est admirable d'abord, c'est le terrain qui les a fondés.

Les vocations sans doute jouent un rôle. Les uns s'enferment dans leurs boutiques. D'autres font leur chemin, impérieusement, dans une direction nécessaire : nous retrouvons en germe dans l'histoire de leur enfance les élans qui expli-

queront leur destinée. Mais l'Histoire, lue après
coup, fait illusion. Ces élans-là nous les retrou-
verions chez presque tous. Nous avons tous
connu des boutiquiers qui, au cours de quelque
nuit de naufrage ou d'incendie, se sont révélés
plus grands qu'eux-mêmes. Ils ne se méprennent
point sur la qualité de leur plénitude : cet incendie restera la nuit de leur vie. Mais, faute
d'occasions nouvelles, faute de terrain favorable,
faute de religion exigeante, ils se sont rendormis
sans avoir cru en leur propre grandeur. Certes
les vocations aident l'homme à se délivrer : mais
il est également nécessaire de délivrer les vocations.

Nuits aériennes, nuits du désert... ce sont là
des occasions rares, qui ne s'offrent pas à tous
les hommes. Et cependant, quand les circonstances les animent, ils montrent tous les mêmes
besoins. Je ne m'écarte point de mon sujet si
je raconte une nuit d'Espagne qui, là-dessus,
m'a instruit. J'ai trop parlé de quelques-uns
et j'aimerais parler de tous.

C'était sur le front de Madrid que je visitais
en reporter. Je dînais ce soir-là au fond d'un
abri souterrain, à la table d'un jeune capitaine.

II

Nous causions quand le téléphone a sonné. Un long dialogue s'est engagé : il s'agit d'une attaque locale dont le P. C. communique l'ordre, une attaque absurde et désespérée qui doit enlever, dans cette banlieue ouvrière, quelques maisons changées en forteresses de ciment. Le capitaine hausse les épaules et revient à nous : « Les premiers d'entre nous, dit-il, qui se montreront... », puis il pousse deux verres de cognac, vers un sergent, qui se trouve ici, et vers moi :

« Tu sors le premier, avec moi, dit-il au sergent. Bois et va dormir. »

Le sergent est allé dormir. Autour de cette table, nous sommes une dizaine à veiller. Dans cette pièce bien calfatée, dont nulle lumière ne filtre, la clarté est si dure que je cligne des yeux. J'ai glissé un regard, il y a cinq minutes, à travers une meurtrière. Ayant enlevé le chiffon qui masquait l'ouverture, j'ai aperçu, englouties sous un clair de lune qui répandait une lumière

d'abîme, des ruines de maisons hantées. Quand
j'ai remis en place le chiffon il m'a semblé
essuyer le rayon de lune comme une coulée
d'huile. Et je conserve maintenant dans les yeux
l'image de forteresses glauques.

Ces soldats sans doute ne reviendront pas,
mais ils se taisent, par pudeur. Cet assaut est
dans l'ordre. On puise dans une provision
d'hommes. On puise dans un grenier à grains.
On jette une poignée de grains pour les
semailles.

Et nous buvons notre cognac. Sur ma droite,
on dispute une partie d'échecs. Sur ma gauche,
on plaisante. Où suis-je? Un homme, à demi
ivre, fait son entrée. Il caresse une barbe hir-
sute et roule sur nous des yeux tendres. Son
regard glisse sur le cognac, se détourne, revient
au cognac, vire, suppliant, sur le capitaine. Le
capitaine rit tout bas. L'homme, touché par
l'espoir, rit aussi. Un rire léger gagne les spec-
tateurs. Le capitaine recule doucement la bouteille, le regard de l'homme joue le désespoir,
et un jeu puéril s'amorce ainsi, une sorte de
ballet silencieux qui, à travers l'épaisse fumée
des cigarettes, l'usure de la nuit blanche, l'image
de l'attaque prochaine, tient du rêve.

Et nous jouons, enfermés bien au chaud dans la cale de notre navire, cependant qu'au-dehors redoublent des explosions semblables à des coups de mer.

Ces hommes se décaperont tout à l'heure de leur sueur, de leur alcool, de l'encrassement de leur attente dans les eaux régales de la nuit de guerre. Je les sens si près d'être purifiés. Mais ils dansent encore aussi loin qu'ils le peuvent danser le ballet de l'ivrogne et de la bouteille. Ils la poursuivent aussi loin qu'on peut la poursuivre, cette partie d'échecs. Ils font durer la vie tant qu'ils peuvent. Mais ils ont réglé un réveille-matin qui trône sur une étagère. Cette sonnerie retentira donc. Alors ces hommes se dresseront, s'étireront et boucleront leur ceinturon. Le capitaine alors décrochera son revolver. L'ivrogne alors dessoulera. Alors tous ils emprunteront, sans trop se hâter, ce corridor qui monte en pente douce jusqu'à un rectangle bleu de lune. Ils diront quelque chose de simple comme : « Sacrée attaque... » ou : « Il fait froid! » Puis ils plongeront.

L'heure venue, j'assistai au réveil du sergent. Il dormait allongé sur un lit de fer, dans les décombres d'une cave. Et je le regardais dormir.

Il me semblait connaître le goût de ce sommeil
non angoissé, mais tellement heureux. Il me rap-
pelait cette première journée de Libye, au cours
de laquelle Prévot et moi, échoués sans eau
et condamnés, nous avons pu, avant d'éprouver
une soif trop vive, dormir une fois, une seule,
deux heures durant. J'avais eu le sentiment en
m'endormant d'user d'un pouvoir admirable :
celui de refuser le monde présent. Propriétaire
d'un corps qui me laissait encore en paix, rien
ne distingua plus pour moi, une fois que j'eus
enfoui mon visage dans mes bras, ma nuit d'une
nuit heureuse.

Ainsi le sergent reposait-il, roulé en boule,
sans forme humaine, et, quand ceux qui vinrent le réveiller eurent allumé une bougie et
l'eurent fixée sur le goulot d'une bouteille, je
ne distinguai rien d'abord qui émergeât du
tas informe, sinon des godillots. D'énormes
godillots cloués, ferrés, des godillots de jour-
nalier ou de docker.

Cet homme était chaussé d'instruments de
travail, et tout, sur son corps, n'était qu'instruments : cartouchières, revolvers, bretelles de cuir,
ceinturon. Il portait le bât, le collier, tout le
harnachement du cheval de labour. On voit au

fond des caves, au Maroc, des meules tirées par
des chevaux aveugles. Ici, dans la lueur tremblante et rougeâtre de la bougie, on réveillait
aussi un cheval aveugle afin qu'il tirât sa meule.

« Hep! Sergent! »

Il remua lentement, montrant son visage
encore endormi et baragouinant je ne sais quoi.
Mais il revint au mur ne voulant point se
réveiller, se renfonçant dans les profondeurs
du sommeil comme dans la paix d'un ventre
maternel, comme sous des eaux profondes, se
retenant des poings qu'il ouvrait et fermait, à
je ne sais quelles algues noires. Il fallut bien lui
dénouer les doigts. Nous nous assîmes sur son
lit, l'un de nous passa doucement son bras derrière son cou, et souleva cette lourde tête en
souriant. Et ce fut comme, dans la bonne chaleur
de l'étable, la douceur de chevaux qui se caces-
sent l'encolure. « Eh! compagnon! » Je n'ai rien
vu dans ma vie de plus tendre. Le sergent fit
un dernier effort pour rentrer dans ses songes
heureux, pour refuser notre univers de dynamite,
d'épuisement et de nuit glacée; mais trop tard.
Quelque chose s'imposait qui venait du dehors.
Ainsi la cloche du collège, le dimanche, réveille
lentement l'enfant puni. Il avait oublié le pu-

pitre, le tableau noir et le pensum. Il rêvait aux
jeux dans la campagne; en vain. La cloche sonne
toujours et le ramène, inexorable, dans l'injustice des hommes. Semblable à lui, le sergent re-
prenait peu à peu à son compte ce corps usé par
la fatigue, ce corps dont il ne voulait pas, et qui,
dans le froid du réveil, connaîtrait avant peu
ces tristes douleurs aux jointures, puis le poids
du harnachement, puis cette course pesante, et
la mort. Non tant la mort que la glu de ce sang
où l'on trempe ses mains pour se relever, cette
respiration difficile, cette glace autour; non tant
la mort que l'inconfort de mourir. Et je songeais
toujours, le regardant, à la désolation de mon
propre réveil, à cette reprise en charge de la soif,
du soleil, du sable, à cette reprise en charge de
la vie, ce rêve que l'on ne choisit pas.

Mais le voilà debout, qui nous regarde droit
dans les yeux :

« C'est l'heure? »

C'est ici que l'homme apparaît. C'est ici qu'il
échappe aux prévisions de la logique : le sergent
souriait! Quelle est donc cette tentation? Je me
souviens d'une nuit de Paris où Mermoz et moi
ayant fêté, avec quelques amis, je ne sais quel

anniversaire, nous nous sommes retrouvés au petit jour au seuil d'un bar, écœurés d'avoir tant parlé, d'avoir tant bu, d'être inutilement si las. Mais comme le ciel déjà se faisait pâle, Mermoz brusquement me serra le bras, et si fort que je sentis ses ongles. « Tu vois, c'est l'heure où à Dakar... » C'était l'heure où les mécanos se frottent les yeux, et retirent les housses d'hélices, où le pilote va consulter la météo, où la terre n'est plus peuplée que de camarades. Déjà le ciel se colorait, déjà l'on préparait la fête mais pour d'autres, déjà l'on tendait la nappe d'un festin dont nous ne serions point les convives. D'autres courraient leur risque...

« Ici quelle saleté... », acheva Mermoz.

Et toi, sergent, à quel banquet étais-tu convié qui valût de mourir?

J'avais reçu déjà tes confidences. Tu m'avais raconté ton histoire : petit comptable quelque part à Barcelone, tu y alignais autrefois des chiffres sans te préoccuper beaucoup des divisions de ton pays. Mais un camarade s'engagea, puis un second, puis un troisième, et tu subis avec surprise une étrange transformation : tes occupations, peu à peu, t'apparurent futiles. Tes

plaisirs, tes soucis, ton petit confort, tout cela
était d'un autre âge. Là ne résidait point l'important. Vint enfin la nouvelle de la mort de
l'un d'entre vous, tué du côté de Malaga. Il
ne s'agissait point d'un ami que tu eusses pu
désirer venger. Quant à la politique elle ne
t'avait jamais troublé. Et cependant cette nouvelle passa sur vous, sur vos étroites destinées,
comme un coup de vent de mer. Un camarade
t'a regardé ce matin-là :

« On y va?

— On y va. »

Et vous y êtes « allés ».

Il m'est venu quelques images pour m'expli-
quer cette vérité que tu n'as pas su traduire en
mots mais dont l'évidence t'a gouverné.

Quand passent les canards sauvages à l'époque
des migrations, ils provoquent de curieuses
marées sur les territoires qu'ils dominent. Les
canards domestiques, comme attirés par le
grand vol triangulaire, amorcent un bond
inhabile. L'appel sauvage a réveillé en eux je
ne sais quel vestige sauvage. Et voilà les canards
de la ferme changés pour une minute en
oiseaux migrateurs. Voilà que dans cette petite
tête dure où circulaient d'humbles images de

mare, de vers, de poulailler, se développent les
étendues continentales, le goût des vents du
large, et la géographie des mers. L'amiral ignorait que sa cervelle fût assez vaste pour contenir
tant de merveilles, mais le voilà qui bat des
ailes, méprise le grain, méprise les vers et veut
devenir canard sauvage.

Mais je revoyais surtout mes gazelles : j'ai
élevé des gazelles à Juby. Nous avons tous, là-
bas, élevé des gazelles. Nous les enfermions
dans une maison de treillage, en plein air, car
il faut aux gazelles l'eau courante des vents,
et rien, autant qu'elles, n'est fragile. Capturées
jeunes, elles vivent cependant et broutent dans
votre main. Elles se laissent caresser, et plongent
leur museau humide dans le creux de la paume.
Et on les croit apprivoisées. On croit les avoir
abritées du chagrin inconnu qui éteint sans
bruit les gazelles et leur fait la mort la plus
tendre... Mais vient le jour où vous les retrou-
vez, pesant de leurs petites cornes, contre
l'enclos, dans la direction du désert. Elles sont
aimantées. Elles ne savent pas qu'elles vous
fuient. Le lait que vous leur apportez, elles
viennent le boire. Elles se laissent encore
caresser, elles enfoncent plus tendrement encore

leur museau dans votre paume... Mais à peine
les lâchez-vous, vous découvrez qu'après un
semblant de galop heureux, elles sont ramenées
contre le treillage. Et si vous n'intervenez plus,
elles demeurent là, n'essayant même pas de
lutter contre la barrière, mais pesant simplement contre elle, la nuque basse, de leurs petites
cornes, jusqu'à mourir. Est-ce la saison des
amours, ou le simple besoin d'un grand galop
à perdre haleine? Elles l'ignorent. Leurs yeux
ne s'étaient pas ouverts encore, quand on vous
les a capturées. Elles ignorent tout de la liberté
dans les sables, comme de l'odeur du mâle.
Mais vous êtes bien plus intelligents qu'elles.
Ce qu'elles cherchent vous le savez, c'est l'étendue qui les accomplira. Elles veulent devenir
gazelles et danser leur danse. A cent trente
kilomètres à l'heure, elles veulent connaître la
fuite rectiligne, coupée de brusques jaillisse-
ments, comme si, çà et là, des flammes s'échap-
paient du sable. Peu importent les chacals, si
la vérité des gazelles est de goûter la peur,
qui les contraint seule à se surpasser et tire
d'elles les plus hautes voltiges! Qu'importe le
lion si la vérité des gazelles est d'être ouvertes
d'un coup de griffe dans le soleil! Vous les

regardez et vous songez : les voilà prises de nostalgie. La nostalgie, c'est le désir d'on ne sait quoi... Il existe, l'objet du désir, mais il n'est point de mots pour le dire.

Et à nous, que nous manque-t-il?

Que trouverais-tu ici, sergent, qui t'apportât le sentiment de ne plus trahir ta destinée? Peut-être ce bras fraternel qui souleva ta tête endormie, peut-être ce sourire tendre qui ne plaignait pas, mais partageait? « Eh! camarade... » Plaindre, c'est encore être deux. C'est encore être divisé. Mais il existe une altitude des relations où la reconnaissance comme la pitié perdent leur sens. C'est là que l'on respire comme un prisonnier délivré.

Nous avons connu cette union quand nous franchissions, par équipe de deux avions, un Rio de Oro insoumis encore. Je n'ai jamais entendu le naufragé remercier son sauveteur. Le plus souvent, même, nous nous insultions, pendant l'épuisant transbordement d'un avion à l'autre, des sacs de poste : « Salaud! si j'ai eu la panne, c'est ta faute, avec ta rage de voler à deux mille, en plein dans les courants contraires! Si tu m'avais suivi plus bas, nous

serions déjà à Port-Etienne! » et l'autre qui
offrait sa vie se découvrait honteux d'être un
salaud. De quoi d'ailleurs l'eussions-nous remer-
cié? Il avait droit lui aussi à notre vie. Nous
étions les branches d'un même arbre. Et j'étais
orgueilleux de toi, qui me sauvais!

Pourquoi t'aurait-il plaint, sergent, celui qui
te préparait pour la mort? Vous preniez ce
risque les uns pour les autres. On découvre à
cette minute-là cette unité qui n'a plus besoin
de langage. J'ai compris ton départ. Si tu étais
pauvre à Barcelone, seul peut-être après le
travail, si ton corps même n'avait point de
refuge, tu éprouvais ici le sentiment de t'accom-
plir, tu rejoignais l'universel; voici que toi, le
paria, tu étais reçu par l'amour.

Je me moque bien de connaître s'ils étaient
sincères ou non, logiques ou non, les grands
mots des politiciens qui t'ont peut-être ense-
mencé. S'ils ont pris sur toi, comme peuvent
germer des semences, c'est qu'ils répondaient à
tes besoins. Tu es seul juge. Ce sont les terres
qui savent reconnaître le blé.

III

Liés à nos frères par un but commun et qui
se situe en dehors de nous, alors seulement nous
respirons et l'expérience nous montre qu'aimer
ce n'est point nous regarder l'un l'autre mais
regarder ensemble dans la même direction. Il
n'est de camarades que s'ils s'unissent dans
la même cordée, vers le même sommet en
quoi ils se retrouvent. Sinon pourquoi, au
siècle même du confort, éprouverions-nous
une joie si pleine à partager nos derniers vivres
dans le désert? Que valent là contre les prévisions des sociologues? A tous ceux d'entre nous
qui ont connu la grande joie des dépannages
sahariens, tout autre plaisir a paru futile.

C'est peut-être pourquoi le monde d'aujourd'hui commence à craquer autour de nous.
Chacun s'exalte pour des religions qui lui
promettent cette plénitude. Tous, sous les
mots contradictoires, nous exprimons les mêmes

élans. Nous nous divisons sur des méthodes qui
sont les fruits de nos raisonnements, non sur les
buts : ils sont les mêmes.

Dès lors, ne nous étonnons pas. Celui qui ne
soupçonnait pas l'inconnu endormi en lui, mais
l'a senti se réveiller une seule fois dans une
cave d'anarchistes à Barcelone, à cause du
sacrifice, de l'entraide, d'une image rigide de
la justice, celui-là ne connaîtra plus qu'une
vérité : la vérité des anarchistes. Et celui qui
aura une fois monté la garde pour protéger
un peuple de petites nonnes agenouillées, épou-
vantées, dans les monastères d'Espagne, celui-là
mourra pour l'Eglise.

Si vous aviez objecté à Mermoz, quand il
plongeait vers le versant chilien des Andes,
avec sa victoire dans le cœur, qu'il se trom-
pait, qu'une lettre de marchand, peut-être, ne
valait pas le risque de sa vie, Mermoz eût ri de
vous. La vérité, c'est l'homme qui naissait en
lui quand il passait les Andes.

Si vous voulez convaincre de l'horreur de la
guerre celui qui ne refuse pas la guerre, ne le
traitez point de barbare : cherchez à le
comprendre avant de le juger.

Considérez cet officier du Sud qui commandait, lors de la guerre du Rif, un poste avancé, planté en coin entre deux montagnes dissidentes. Il recevait, un soir, des parlementaires descendus du massif de l'ouest. Et l'on buvait le thé, comme il se doit, quand la fusillade éclata. Les tribus du massif de l'est attaquaient le poste. Au capitaine qui les expulsait pour combattre, les parlementaires ennemis répondirent : « Nous sommes tes hôtes aujourd'hui. Dieu ne permet pas qu'on t'abandonne... » Ils se joignirent donc à ses hommes, sauvèrent le poste, puis regrimpèrent dans leur nid d'aigle.

Mais la veille du jour où, à leur tour, ils se préparent à l'assaillir, ils envoient des ambassadeurs au capitaine :

« L'autre soir, nous t'avons aidé...

— C'est vrai...

— Nous avons brûlé pour toi trois cents cartouches...

— C'est vrai.

— Il serait juste de nous les rendre. »

Et le capitaine, grand seigneur, ne peut exploiter un avantage qu'il tirerait de leur noblesse. Il leur rend les cartouches dont on usera contre lui.

La vérité pour l'homme, c'est ce qui fait de lui un homme. Quand celui-là qui a connu cette dignité des rapports, cette loyauté dans le jeu, ce don mutuel d'une estime qui engage la vie, compare cette élévation, qui lui fut permise, à la médiocre bonhomie du démagogue qui eût exprimé sa fraternié aux mêmes Arabes par de grandes claques sur les épaules, les eût flattés mais en même temps humiliés, celui-là n'éprouvera à votre égard, si vous raisonnez contre lui, qu'une pitié un peu méprisante. Et c'est lui qui aura raison.

Mais vous aurez également raison de haïr la guerre.

Pour comprendre l'homme et ses besoins, pour le connaître dans ce qu'il a d'essentiel, il ne faut pas opposer l'une à l'autre l'évidence de vos vérités. Oui, vous avez raison. Vous avez tous raison. La logique démontre tout. Il a raison celui-là même qui rejette les malheurs du monde sur les bossus. Si nous déclarons la guerre aux bossus, nous apprendrons vite à nous exalter. Nous vengerons les crimes des bossus. Et certes les bossus aussi commettent des crimes.

Il faut, pour essayer de dégager cet essentiel, oublier un instant les divisions, qui, une fois admises, entraînent tout un Coran de vérités inébranlables et le fanatisme qui en découle. On peut ranger les hommes en hommes de droite et en hommes de gauche, en bossus et en non bossus, en fascistes et en démocrates, et ces distinctions sont inattaquables. Mais la vérité, vous le savez, c'est ce qui simplifie le monde et non ce qui crée le chaos. La vérité, c'est le langage qui dégage l'universel. Newton n'a point « découvert » une loi longtemps dissimulée à la façon d'une solution de rébus, Newton a effectué une opération créatrice. Il a fondé un langage d'homme qui pût exprimer à la fois la chute de la pomme dans un pré ou l'ascension du soleil. La vérité, ce n'est point ce qui se démontre, c'est ce qui simplifie.

A quoi bon discuter les idéologies? Si toutes se démontrent, toutes aussi s'opposent, et de telles discussions font désespérer du salut de l'homme. Alors que l'homme, partout, autour de nous, expose les mêmes besoins.

Nous voulons être délivrés. Celui qui donne un coup de pioche veut connaître un sens à son coup de pioche. Et le coup de pioche du ba-

gnard, qui humilie le bagnard, n'est point le
même que le coup de pioche du prospecteur,
qui grandit le prospecteur. Le bagne ne réside
point là où des coups de pioche sont donnés.
Il n'est pas d'horreur matérielle. Le bagne
réside là où des coups de pioche sont donnés
qui n'ont point de sens, qui ne relient pas celui
qui les donne à la communauté des hommes.

Et nous voulons nous évader du bagne.

Il est deux cents milions d'hommes, en
Europe, qui n'ont point de sens et voudraient
naître. L'industrie les a arrachés au langage des
lignées paysannes et les a enfermés dans ces
ghettos énormes qui ressemblent à des gares de
triage encombrées de rames de wagons noirs.
Du fond des cités ouvrières, ils voudraient être
réveillés.

Il en est d'autres, pris dans l'engrenage de
tous les métiers, auxquels sont interdites les
joies du pionnier, les joies religieuses, les joies
du savant. On a cru que pour les grandir il suffisait de les vêtir, de les nourrir, de répondre
à tous leurs besoins. Et l'on a peu à peu fondé
en eux le petit bourgeois de Courteline, le
politicien de village, le technicien fermé à la

vie intérieure. Si on les instruit bien, on ne les
cultive plus. Il se forme une piètre opinion
sur la culture celui qui croit qu'elle repose
sur la mémoire de formules. Un mauvais élève
du cours de Spéciales en sait plus long sur la
nature et sur ses lois que Descartes et Pascal.
Est-il capable des mêmes démarches de l'esprit?

Tous, plus ou moins confusément, éprouvent
le besoin de naître. Mais il est des solutions
qui trompent. Certes on peut animer les
hommes, en les habillant d'uniformes. Alors ils
chanteront leurs cantiques de guerre et rom-
pront leur pain entre camarades. Ils auront
retrouvé ce qu'ils cherchent, le goût de l'universel. Mais du pain qui leur est offert, ils vont
mourir.

On peut déterrer les idoles de bois et ressusciter les vieux mythes qui ont, tant bien que
mal, fait leur preuve, on peut ressusciter les
mystiques de Pangermanisme, ou d'Empire
romain. On peut enivrer les Allemands de
l'ivresse d'être Allemands et compatriotes de
Beethoven. On peut en saouler jusqu'au soutier. C'est, certes, plus facile que de tirer du
soutier un Beethoven.

Mais de telles idoles sont des idoles carnivores. Celui qui meurt pour le progrès des
connaissances ou la guérison des maladies,
celui-là sert la vie, en même temps qu'il meurt.
Il est peut-être beau de mourir pour l'expansion
d'un territoire, mais la guerre d'aujoud'hui
détruit ce qu'elle prétend favoriser. Il ne s'agit
plus aujourd'hui de sacrifier un peu de sang
pour vivifier toute la race. Une guerre, depuis
qu'elle se traite avec l'avion et l'ypérite, n'est
plus qu'une chirurgie sanglante. Chacun s'installe à l'abri d'un mur de ciment, chacun, faute
de mieux, lance, nuit après nuit, des escadrilles
qui torpillent l'autre dans ses entrailles, font
sauter ses centres vitaux, paralysent sa produc-
tion et ses échanges. La victoire est à qui pour-
rira le dernier. Et les deux adversaires pour-
rissent ensemble.

Dans un monde devenu désert, nous avions
soif de retrouver des camarades : le goût du
pain rompu entre camarades nous a fait accep-
ter les valeurs de guerre. Mais nous n'avons
pas besoin de la guerre pour trouver la chaleur
des épaules voisines dans une course vers
le même but. La guerre nous trompe. La

haine n'ajoute rien à l'exaltation de la course.

Pourquoi nous haïr? Nous sommes solidaires, emportés par la même planète, équipage d'un même navire. Et s'il est bon que des civilisations s'opposent pour favoriser des synthèses nouvelles, il est monstrueux qu'elles s'entre-dévorent.

Puisqu'il suffit, pour nous délivrer, de nous aider à prendre conscience d'un but qui nous relie les uns aux autres, autant le chercher là où il nous unit tous. Le chirurgien qui passe la visite n'écoute pas les plaintes de celui qu'il ausculte : à travers celui-là, c'est l'homme qu'il cherche à guérir. Le chirurgien parle un langage universel. De même le physicien quand il médite ces équations presque divines par lesquelles il saisit à la fois et l'atome et la nébuleuse. Et ainsi jusqu'au simple berger. Car celui-là qui veille modestement quelques moutons sous les étoiles, s'il prend conscience de son rôle, se découvre plus qu'un serviteur. Il est une sentinelle. Et chaque sentinelle est responsable de tout l'Empire.

Croyez-vous que ce berger-là ne souhaite pas de prendre conscience? J'ai visité sur le front

de Madrid une école installée à cinq cents
mètres des tranchées, derrière un petit mur de
pierres, sur une colline. Un caporal y enseignait
la botanique. Démontant de ses mains les fragiles organes d'un coquelicot, il attirait à lui
des pèlerins barbus qui se dégageaient de leur
boue tout autour, et montaient vers lui, malgré
les obus, en pèlerinage. Une fois rangés autour
du caporal, ils l'écoutaient, assis en tailleur, le
menton au poing. Ils fronçaient les sourcils, ser-
raient les dents, ils ne comprenaient pas grand-
chose à la leçon, mais on leur avait dit : « Vous
êtes des brutes, vous sortez à peine de vos ta-
nières, il faut rattraper l'humanité! » et ils se
hâtaient de leurs pas lourds pour la rejoindre.

Quand nous prendrons conscience de notre
rôle, même le plus effacé, alors seulement nous
serons heureux. Alors seulement nous pourrons vivre en paix et mourir en paix, car ce
qui donne un sens à la vie donne un sens à la
mort.

Elle est si douce quand elle est dans l'ordre
des choses, quand le vieux paysan de Provence,

au terme de son règne, remet en dépôt à ses
fils son lot de chèvres et d'oliviers, afin qu'ils le
transmettent, à leur tour, aux fils de leurs fils.
On ne meurt qu'à demi dans une lignée paysanne. Chaque existence craque à son tour
comme une cosse et livre ses graines.

J'ai coudoyé, une fois, trois paysans, face
au lit de mort de leur mère. Et certes, c'était
douloureux. Pour la seconde fois, était tranché
le cordon ombilical. Pour la seconde fois, un
nœud se défaisait : celui qui lie une génération
à l'autre. Ces trois fils se découvraient seuls,
ayant tout à apprendre, privés d'une table fami-
liale où se réunir aux jours de fête, privés du
pôle en qui ils se retrouvaient tous. Mais je
découvrais aussi, dans cette rupture, que la vie
peut être donnée pour la seconde fois. Ces fils,
eux aussi, à leur tour, se feraient têtes de file,
points de rassemblement et patriarches, jusqu'à
l'heure où ils passeraient, à leur tour, le
commandement à cette portée de petits qui
jouaient dans la cour.

Je regardais la mère, cette vieille paysanne
au visage paisible et dur, aux lèvres serrées, ce
visage changé en masque de pierre. Et j'y
reconnaissais le visage des fils. Ce masque avait

servi à imprimer le leur. Ce corps avait servi à imprimer ces corps, ces beaux exemplaires d'hommes. Et maintenant, elle reposait brisée, mais comme une gangue dont on a retiré le fruit. A leur tour, fils et filles, de leur chair, imprimeraient des petits d'hommes. On ne mourait pas dans la ferme. La mère est morte, vive la mère!

Douloureuse, oui, mais tellement simple cette image de la lignée, abandonnant une à une, sur son chemin, ses belles dépouilles à cheveux blancs, marchant vers je ne sais quelle vérité, à travers ses métamorphoses.

C'est pourquoi, ce même soir, la cloche des morts du petit village de campagne me parut chargée, non de désespoir, mais d'une allégresse discrète et tendre. Elle qui célébrait de la même voix les enterrements et les baptêmes, annonçait une fois encore le passage d'une génération à l'autre. Et l'on n'éprouvait qu'une grande paix à entendre chanter ces fiançailles d'une pauvre vieille et de la terre.

Ce qui se transmettait ainsi de génération en génération. avec le lent progrès d'une croissance d'arbre, c'était la vie mais c'était aussi la conscience. Quelle mystérieuse ascension! D'une lave en fusion, d'une pâte d'étoile, d'une cellule vivante germée par miracle nous sommes issus, et, peu à peu, nous nous sommes élevés jusqu'à écrire des cantates et à peser des voies lactées.

La mère n'avait point seulement transmis la vie : elle avait, à ses fils, enseigné un langage, elle leur avait confié le bagage si lentement accumulé au cours des siècles, le patrimoine spirituel qu'elle avait elle-même reçu en dépôt, ce petit lot de traditions, de concepts et de mythes qui constitue toute la différence qui sépare Newton ou Shakespeare de la brute des cavernes.

Ce que nous sentons quand nous avons faim, de cette faim qui poussait les soldats d'Espagne sous le tir vers la leçon de botanique, qui poussa Mermoz vers l'Atlantique Sud, qui pousse l'autre vers son poème, c'est que la genèse n'est point achevée et qu'il nous faut prendre conscience de nous-mêmes et de l'univers. Il nous faut, dans la nuit, lancer des passerelles. Seuls l'ignorent ceux qui font leur sagesse d'une indifférence qu'ils croient égoïste; mais tout dément cette sagesse-là! Camarades, mes cama-

rades, je vous prends à témoin : quand nous
sommes-nous sentis heureux?

IV

Et voici que je me souviens, dans la dernière
page de ce livre, de ces bureaucrates vieillis qui
nous servirent de cortège, à l'aube du premier
courrier, quand nous nous préparions à muer
en hommes, ayant eu la chance d'être désignés.
Ils étaient pourtant semblables à nous, mais ne
connaissaient point qu'ils avaient faim.

Il en est trop qu'on laisse dormir.

Il y a quelques années, au cours d'un long
voyage en chemin de fer, j'ai voulu visiter la
patrie en marche où je m'enfermais pour trois
jours, prisonnier pour trois jours de ce bruit de
galets roulés par la mer, et je me suis levé. J'ai
traversé vers une heure du matin le train dans
toute sa longueur. Les sleepings étaient vides.
Les voitures de première étaient vides.

Mais les voitures de troisième abritaient des
centaines d'ouvriers polonais congédiés de
France et qui regagnaient leur Pologne. Et je
remontais les couloirs en enjambant des corps.
Je m'arrêtai pour regarder. Debout sous les
veilleuses, j'apercevais dans ce wagon sans divisions, et qui ressemblait à une chambrée, qui
sentait la caserne ou le commissariat, toute une
population confuse et barattée par les mouvements du rapide. Tout un peuple enfoncé dans
les mauvais songes et qui regagnait sa misère.
De grosses têtes rasées roulaient sur le bois
des banquettes. Hommes, femmes, enfants, tous
se retournaient de droite à gauche, comme
attaqués par tous ces bruits, toutes ces
secousses qui les menaçaient dans leur oubli. Ils
n'avaient point trouvé l'hospitalité d'un bon
sommeil.

Et voici qu'ils me semblaient avoir à demi
perdu qualité humaine, ballottés d'un bout de
l'Europe à l'autre par les courants écono-
miques, arrachés à la petite maison du Nord, au
minuscule jardin, aux trois pots de géranium
que j'avais remarqués autrefois à la fenêtre des
mineurs polonais. Ils n'avaient rassemblé que
les ustensiles de cuisine, les couvertures et les

rideaux, dans des paquets mal ficelés et crevés
de hernies. Mais tout ce qu'ils avaient caressé
ou charmé, tout ce qu'ils avaient réussi à apprivoiser en quatre ou cinq années de séjour en
France, le chat, le chien et le géranium, ils
avaient dû les sacrifier et ils n'emportaient avec
eux que ces batteries de cuisine.

Un enfant tétait une mère si lasse qu'elle
paraissait endormie. La vie se transmettait dans
l'absurde et le désordre de ce voyage. Je regardai le père. Un crâne pesant et nu comme une
pierre. Un corps plié dans l'inconfortable
sommeil, emprisonné dans les vêtements de
travail, fait de bosses et de creux. L'homme
était pareil à un tas de glaise. Ainsi, la nuit, des
épaves qui n'ont plus de forme, pèsent sur les
bancs des halles. Et je pensai : le problème ne
réside point dans cette misère, dans cette saleté,
ni dans cette laideur. Mais ce même homme et
cette même femme se sont connus un jour et
l'homme a souri sans doute à la femme : il lui
a, sans doute, après le travail, apporté des
fleurs. Timide et gauche, il tremblait peut-être
de se voir dédaigné. Mais la femme, par coquet-
terie naturelle, la femme sûre de sa grâce
se plaisait peut-être à l'inquiéter. Et l'autre

qui n'est plus aujourd'hui qu'une machine à
piocher ou à cogner, éprouvait ainsi dans son
cœur l'angoisse délicieuse. Le mystère, c'est
qu'ils soient devenus ces paquets de glaise. Dans
quel moule terrible ont-ils passé, marqués par
lui comme par une machine à emboutir? Un
animal vieilli conserve sa grâce. Pourquoi cette
belle argile humaine est-elle abîmée?

Et je poursuivis mon voyage parmi ce peuple
dont le sommeil était trouble comme un mauvais lieu. Il flottait un bruit vague fait de
ronflements rauques, de plaintes obscures, du
raclement des godillots de ceux qui, brisés
d'un côté, essayaient l'autre. Et toujours en
sourdine cet intarissable accompagnement de
galets retournés par la mer.

Je m'assis en face d'un couple. Entre l'homme
et la femme, l'enfant, tant bien que mal, avait
fait son creux, et il dormait. Mais il se retourna
dans le sommeil, et son visage m'apparut sous
la veilleuse. Ah! quel adorable visage! Il était
né de ce couple-là une sorte de fruit doré. Il
était né de ces lourdes hardes cette réussite de
charme et de grâce. Je me penchai sur ce front
lisse, sur cette douce moue des lèvres, et je me
dis : voici un visage de musicien, voici Mozart

enfant, voici une belle promesse de la vie. Les
petits princes des légendes n'étaient point dif-
férents de lui : protégé, entouré, cultivé, que ne
saurait-il devenir! Quand il naît par mutation
dans les jardins une rose nouvelle, voilà tous
les jardiniers qui s'émeuvent. On isole la rose,
on cultive la rose, on la favorise. Mais il n'est
point de jardinier pour les hommes. Mozart
enfant sera marqué comme les autres par la
machine à emboutir. Mozart fera ses plus hautes
joies de musique pourrie, dans la puanteur des
cafés-concerts. Mozart est condamné.

Et je regagnai mon wagon. Je me disais : ces
gens ne souffrent guère de leur sort. Et ce n'est
point la charité ici qui me tourmente. Il ne
s'agit point de s'attendrir sur une plaie éter-
nellement rouverte. Ceux qui la portent ne la
sentent pas. C'est quelque chose comme l'espèce
humaine et non l'individu qui est blessé ici,
qui est lésé. Je ne crois guère à la pitié. Ce qui
me tourmente, c'est le point de vue du jardinier. Ce qui me tourmente, ce n'est point cette
misère, dans laquelle, après tout, on s'installe
aussi bien que dans la paresse. Des générations
d'Orientaux vivent dans la crasse et s'y plaisent.
Ce qui me tourmente, les soupes populaires ne

le guérissent point. Ce qui me tourmente, ce ne sont ni ces creux, ni ces bosses, ni cette laideur. C'est un peu, dans chacun de ces hommes, Mozart assassiné.

*

Seul l'Esprit, s'il souffle sur la glaise, peut créer l'Homme.

TABLE

Imprimerie LA HAYE-MUREAUX
Imprimé en France
Dépôt légal nº 7206 - 1ᵉʳ trimestre 1968
Le Livre de Poche - 6, avenue Pierre-1ᵉʳ-de-Serbie - Paris
30-11-0068-24

Le Livre de Poche classique

Le Livre de Poche
classique relié

des textes intégraux et fidèles
Conçues pour le grand public comme pour l'étudiant et le lettré, nos éditions sont établies par les spécialistes les plus qualifiés et font état des derniers travaux de la critique. C'est donc un texte sûr que nous vous offrons, tantôt dans une leçon originale, tantôt reprise des collections les plus prestigieuses : la Pléiade, ou Guillaume Budé.

à la portée de tous
Nos éditions sont enrichies d'une préface originale d'un écrivain célèbre, de notices, de notes et d'une biographie de l'auteur.

dans une reliure élégante et robuste
Tiré sur papier de qualité, chaque ouvrage est relié en pleine toile rouge avec titres à l'or et présenté sous jaquette rodhoïd.

Aristophane.
Comédies (t. 1), (D).

Balzac.
Les Chouans (D).
Le Colonel Chabert (S).
Le Cousin Pons (D).
La Cousine Bette (D).
La Duchesse de Langeais suivi de La Fille aux Yeux d'or (S).
Le Père Goriot (D).
La Rabouilleuse (D).
Une Ténébreuse Affaire (S).
La Vieille Fille suivi de Le Cabinet des Antiques (D).
Eugénie Grandet (S).
Le Lys dans la Vallée (D).
Le Curé de village (D).
César Birotteau suivi de La Maison Nucingen (D).
Béatrix (D).
La Peau de Chagrin (D).
Le Médecin de Campagne (D).
Pierrette suivi de Le Curé de Tours (D).
La Recherche de l'Absolu suivi de La Messe de l'Athée (D).
La Femme de trente ans (D).

Baudelaire.
Les Fleurs du Mal (S).
Le Spleen de Paris (S).
Les Paradis artificiels (S).

Beaumarchais.
Théâtre (D).

Choderlos de Laclos.
Les Liaisons dangereuses (D).

Diderot.
Le Neveu de Rameau (D).
Jacques le Fataliste (S).
La Religieuse (D).

Dostoïevski.
L'Éternel Mari (S).
L'Idiot (t. 1), (D).
L'Idiot (t. 2), (D).
Le Joueur (S).
Crime et Châtiment (t. 1), (D).
Crime et Châtiment (t. 2), (D).
Les Frères Karamazov (t. 1), (D).
Les Frères Karamazov (t. 2), (D).
Souvenirs de la Maison des Morts (D).
L'Adolescent (t. 1), (D).
L'Adolescent (t. 2), (D).

Eschyle.
Tragédies (D).

Le Livre de Poche
exploration

Le Livre de Poche
encyclopédique

Le Livre de Poche historique
(Histoire, biographies)

Le Livre de Poche policier